T R A N Z L A T Y

El idioma es para todos

A língua é para todos

Las Aventuras de Alicia en el País de las Maravillas

As Aventuras de Alice no País das Maravilhas

Lewis Carroll

Español / Português

Por la madriguera del conejo
Descendo a Toca do Coelho

Alicia empezaba a cansarse mucho
Alice estava começando a ficar muito cansada
Estaba sentada junto a su hermana en el banco de hierba
Ela estava sentada ao lado da irmã no banco de grama
Pero ella no tenía nada que hacer
mas ela não tinha nada para fazer
Su hermana estaba leyendo un libro
sua irmã estava lendo um livro
una o dos veces Alicia echó un vistazo al libro
uma ou duas vezes Alice espiou o livro
Pero el libro no contenía imágenes ni conversaciones
Mas o livro não tinha fotos ou conversas
«¿De qué sirve un libro sin imágenes?», pensó Alicia
"De que serve um livro sem imagens?", pensou Alice
"¿Por qué un libro no tendría conversaciones?"
"Por que um livro não teria conversas?"

Pero tenía otras cosas que considerar
mas ela tinha outras coisas a considerar
"Hacer una cadena de margaritas sería un placer"
"Fazer uma corrente de margaridas seria um prazer"
"¿Pero vale la pena el esfuerzo de levantarse y recoger las margaritas?"
"Mas será que vale a pena o esforço de se levantar e pegar as margaridas??"
No era tan fácil pensar en esto
Não foi tão fácil pensar nisso
porque el día la estaba haciendo sentir somnolienta y estúpida
porque o dia estava a fazê-la sentir-se sonolenta e estúpida
Pero de repente sus pensamientos se vieron interrumpidos
mas, de repente, seus pensamentos foram interrompidos
un conejo blanco de ojos rosados corrió cerca de ella
um coelho branco de olhos cor-de-rosa corria perto dela

No había nada demasiado notable en el conejo
Não havia nada de muito notável no coelho
y Alicia tampoco pensó que el conejo fuera notable
e Alice também não achava o coelho notável
ni le extrañó que el Conejo hablara
nem a surpreendeu quando o Coelho falou
"¡Oh, Dios mío! ¡Llegaré demasiado tarde!", se dijo a sí mismo
"Oh querida! Vou chegar tarde demais!", disse a si mesmo
pero entonces el Conejo hizo algo que los conejos no hacían
mas depois o Coelho fez algo que os coelhos não fizeram
el Conejo sacó un reloj del bolsillo de su chaleco
o Coelho tirou um relógio do bolso do colete
Miró la hora y luego se apresuró a seguir adelante
Olhou para a hora e depois apressou-se
Alicia se puso en pie, asombrada
Alice pôs-se de pé, espantada
¡Nunca antes había visto un conejo con chaleco!
ela nunca tinha visto um coelho com um colete antes!
¡Tampoco había visto nunca un conejo con reloj!
nem nunca tinha visto um coelho com um relógio!
Alicia ardía con una nueva curiosidad
Alice estava ardendo com uma nova curiosidade
y corrió por el campo tras el Conejo
e ela correu pelo campo atrás do Coelho
Llegó justo a tiempo para ver desaparecer al conejo
ela estava a tempo de ver o coelho desaparecer
El conejo saltó a una gran madriguera
o coelho saltou para uma grande toca de coelho
¡En otro momento, Alicia bajó detrás del conejo!
Em outro momento, desceu Alice atrás do coelho!
La madriguera del conejo seguía recto como un túnel
A toca do coelho seguia em linha reta como um túnel
Y el túnel siguió avanzando a cierta distancia
e o túnel continuou por alguma distância
Y entonces el camino de repente se hundió
e então o caminho de repente mergulhou

Alicia no tuvo ni un momento para pensar en detenerse
Alice não teve um momento para pensar em parar-se
Se encontró a sí misma cayendo y abajo y abajo
ela se viu caindo e descendo e descendo
Parecía como si hubiera caído en un pozo muy profundo
parecia que ela tinha caído num poço muito profundo
O el pozo era muy profundo, o ella caía muy lentamente
Ou o poço era muito profundo, ou ela caía muito lentamente
porque tenía tiempo de sobra para caer
porque ela tinha muito tempo para cair
Mientras caía, podía mirar a su alrededor
Enquanto ela estava caindo, ela podia olhar ao seu redor
Primero, trató de averiguar a dónde iba
Primeiro, ela tentou descobrir para onde estava indo
Pero el pozo estaba demasiado oscuro para ver nada
mas o poço estava muito escuro para ver qualquer coisa
Luego miró a los lados del pozo
depois olhou para os lados do poço
Y se dio cuenta de que había armarios a su alrededor
e reparou que havia armários à sua volta
y alrededor del pozo había estanterías de libros
e ao redor do poço havia estantes de livros
Aquí y allá veía mapas y cuadros colgados de perchas
aqui e ali ela viu mapas e fotos pendurados em estacas
Al pasar, bajó un frasco de una de las estanterías
Ela tirou um frasco de uma das prateleiras enquanto passava
El frasco estaba etiquetado por su contenido
O frasco foi rotulado pelo seu conteúdo
"MERMELADA DE NARANJAS"
"MARMELADA FEITA DE LARANJAS"
Pero, para su gran decepción, el frasco de mermelada estaba vacío
mas, para sua grande deceção, o frasco de marmelada estava vazio
No quería dejar caer el tarro de mermelada vacío
Ela não queria largar o frasco de marmelada vazio
y su caída fue muy lenta

e sua queda foi muito lenta
Así que se las arregló para poner el frasco de mermelada en uno de los armarios
então ela conseguiu colocar o frasco de marmelada em um dos armários
¡Abajo, abajo, abajo, ella cae!
Para baixo, para baixo, para baixo ela cai!
¿Llegaría alguna vez la caída a su fin?
Será que a queda chegaria ao fim?
No había nada más que hacer
Não havia mais nada a fazer
así que Alicia pronto empezó a hablar consigo misma
então Alice logo começou a falar consigo mesma
—¡Dinah me echará mucho de menos esta noche, creo!
"Dinah vai sentir muita falta de mim esta noite, devo pensar!"
Dinah era la gata de Alicia
Dinah era a gata de Alice
"Espero que se acuerden de su plato de leche a la hora del té"
"Espero que se lembrem do pires de leite dela na hora do chá"
—¡Dinah, querida, desearía que estuvieras aquí abajo conmigo!
"Dinah, minha querida, eu gostaria que você estivesse aqui comigo!"
Alicia sintió que se estaba quedando dormida
Alice sentiu que estava a cochilar
Y de repente, ¡pum! ¡golpe!
e, de repente, bater! baque!
Cayó sobre un montón de palos
abaixo, ela caiu sobre um monte de paus
y aterrizó sobre un montón de hojas secas
e ela pousou em uma pilha de folhas secas
Y finalmente la larga caída por el agujero había terminado
e, finalmente, a longa queda pelo buraco acabou
Alicia no estaba herida en lo más mínimo
Alice não ficou nem um pouco magoada
Y se levantó de un salto en un momento
e ela saltou dentro de um momento

Alzó la vista, pero todo estaba oscuro sobre su cabeza
Ela olhou para cima, mas estava tudo escuro por cima
Frente a ella había otro largo pasillo
à sua frente havia outro longo corredor
y el Conejo Blanco seguía a la vista
e o Coelho Branco ainda estava à vista
Corría por el pasillo
apressava-se pelo corredor
No había un momento que perder
Não havia um momento a perder
Alicia salió corriendo como el viento
fora correu Alice como o vento
A la vuelta de la esquina giró el conejo
ao virar da esquina virou o coelho
Llegó justo a tiempo para oír al conejo
ela estava a tempo de ouvir o coelho
"Oh, mis orejas y bigotes"
"Oh, meus ouvidos e bigodes"
"¡Qué tarde se está haciendo!"
"Quão tarde está chegando!"
Estaba muy cerca del conejo
Ela estava perto atrás do coelho
Dobló otra esquina
Ela virou outra esquina
pero el Conejo ya no se dejaba ver
mas o Coelho já não era para ser visto
Se encontró en un pasillo largo y bajo
Ela se viu em um longo e baixo salão
La sala estaba iluminada por una hilera de lámparas de techo
O salão foi iluminado por uma fileira de lâmpadas de teto
Había puertas por todo el pasillo
Havia portas ao redor do salão
pero todas las puertas estaban cerradas con llave
mas todas as portas estavam trancadas
Caminó por un lado del pasillo
Ela caminhou por todo o caminho por um lado do corredor
Y ella había caminado todo el camino hasta el otro lado de la

sala
e ela tinha caminhado até o outro lado do salão
Había intentado todas las puertas
ela tinha tentado todas as portas
Y caminó tristemente por el centro del pasillo
e ela caminhou tristemente pelo meio do corredor
"¿Cómo voy a volver a salir?"
"Como é que eu vou sair de novo?"

De repente se encontró con una mesita
De repente, deparou-se com uma mesinha
La mesa estaba hecha completamente de vidrio macizo
a mesa era feita inteiramente de vidro sólido
No había nada sobre la mesa, excepto una pequeña llave dorada
Não havia nada sobre a mesa, mas uma pequena chave de ouro
¡La llave podría pertenecer a una de las puertas!

a chave pode pertencer a uma das portas!

Pero, ¡ay! Algunas de las cerraduras eran demasiado grandes para las llaves

mas, infelizmente! algumas das fechaduras eram grandes demais para as chaves

y para las otras cerraduras la llave era demasiado pequeña

e para as outras fechaduras a chave era muito pequena

Pero, en cualquier caso, la llave no abrió ninguna de las puertas

mas, de qualquer forma, a chave não abriu nenhuma das portas

Pero, ¿qué iba a hacer ella?

Mas o que ela deveria fazer?

Volvió a atravesar el pasillo

ela passou pelo corredor novamente

Y esta vez se fijó en una cortina baja

e desta vez notou uma cortina baixa

Detrás de la cortina había una puertecita

atrás da cortina havia uma pequena porta

La puerta tenía unos quince centímetros de alto

A porta tinha cerca de quinze centímetros de altura

Probó la pequeña llave dorada en la cerradura

Ela tentou a pequena chave dourada na fechadura

Y para su gran deleite, ¡la llave encajó en la cerradura!

e para seu grande deleite, a chave cabia na fechadura!

Alicia abrió la puerta

Alice abriu a porta

Y encontró que la puerta daba a un pequeño pasillo

e ela encontrou a porta que dava para um pequeno corredor

El corredor no era mucho más grande que una madriguera de ratas

o corredor não era muito maior do que um buraco de rato

Se arrodilló y miró a lo largo del pasillo

Ajoelhou-se e olhou pelo corredor

Y ella vio el jardín más hermoso que jamás hayas visto

e ela viu o jardim mais lindo que você já viu

¡Cómo anhelaba salir de ese oscuro salón

como ela desejava sair daquele salão escuro
cómo quería vagar entre esas flores brillantes
como ela queria vagar entre aquelas flores brilhantes
¡Qué genial se veían esas fuentes
como era legal refrescar aquelas fontes
Pero ni siquiera podía meter la cabeza por la puerta
mas ela não conseguia sequer passar a cabeça pela porta
-¡Oh! -exclamó Alicia con tristeza-
— Oh — disse Alice, triste
"¡Cómo desearía poder plegarme como un telescopio!"
"como eu gostaria de poder dobrar como um telescópio!"
"Creo que podría plegarme como un telescopio"
"Acho que podia dobrar-me como um telescópio"
"Si supiera cómo empezar"
"se eu soubesse como começar"
Alicia volvió a la mesa
Alice voltou à mesa
Existía la posibilidad de encontrar otra llave
havia a chance de encontrar outra chave
O podría haber un libro de reglas
ou pode haver um livro de regras
El libro podría decirle cómo plegarse como un telescopio
o livro podia dizer-lhe como se dobrar como um telescópio
Esta vez encontró una botellita
Desta vez, ela encontrou uma garrafinha
—Esta botella no estaba aquí antes —dijo Alicia—
"Esta garrafa certamente não estava aqui antes", disse Alice
y atada alrededor del cuello de la botella había una etiqueta de papel
e amarrado ao redor do gargalo da garrafa havia um rótulo de papel
La etiqueta estaba bellamente impresa en letras grandes
A etiqueta foi lindamente impressa em letras grandes
"BÉBEME"
"BEBA-ME"
—No, miraré primero —dijo ella—
"Não, vou olhar primeiro", disse ela

"Veré si la botella está marcada como venenosa o no"
"Vou ver se a garrafa está marcada como venenosa ou não"
porque nunca olvidó la lección sobre el veneno
porque ela nunca esqueceu a lição sobre veneno
"Si una botella está etiquetada como venenosa, es probable que no esté de acuerdo contigo"
"Se uma garrafa é rotulada como venenosa, é provável que discorde de você"
Sin embargo, esta botella no estaba marcada como venenosa
No entanto, esta garrafa não foi marcada como venenosa
así que Alicia se aventuró a probar el contenido de la botella
então Alice aventurou-se a provar o conteúdo da garrafa
Encontró el líquido bastante de su agrado
ela achou o líquido bastante ao seu gosto
La bebida tenía una especie de sabor mezclado
a bebida tinha uma espécie de sabor misto
tarta de cerezas, natillas y piña
torta de cereja, creme e abacaxi
Pavo asado, caramelo y tostadas con mantequilla caliente
peru assado, caramelo e torradas com manteiga quente
Y pronto acabó la botella
e ela logo terminou a garrafa
-¡Qué sensación tan curiosa! -exclamó Alicia-
"Que sensação curiosa!", disse Alice
"¡Me estoy pliegando como un telescopio!"
"Estou a dobrar-me como um telescópio!"
¡Y se estaba pliegando como un telescopio!
E ela estava dobrando como um telescópio de fato!
Ahora solo medía diez pulgadas de alto
Ela tinha agora apenas dez centímetros de altura
y su rostro se iluminó con sus pensamientos
e o seu rosto iluminou-se com os seus pensamentos
Ahora ella tenía el tamaño adecuado para la pequeña puerta
agora ela era do tamanho certo para a pequena porta
Ahora podía entrar en ese hermoso jardín
agora ela podia ir para aquele lindo jardim
Pronto dejó de hacerse más pequeña

Logo ela parou de ficar menor
Decidió ir al jardín de inmediato
Ela decidiu ir para o jardim imediatamente
pero, ¡ay de la pobre Alicia!
mas, ai da pobre Alice!
Llegó a la puerta
ela chegou à porta
Pero había olvidado la pequeña llave de oro
mas ela tinha esquecido a pequena chave de ouro
Volvió a la mesa en busca de la llave
Ela voltou para a mesa para a chave
Pero se dio cuenta de que no podía llegar lo suficientemente alto
mas ela descobriu que não conseguia chegar alto o suficiente
Podía ver la llave claramente a través del cristal
ela podia ver a chave claramente através do vidro
Trató de trepar por las patas de la mesa
ela tentou subir pelas pernas da mesa
Pero el cristal era demasiado resbaladizo
mas o copo estava muito escorregadio
Con el tiempo se cansó de intentarlo
Eventualmente, ela se cansou de tentar
Y la pobre niña se sentó y lloró
e a pobre menina sentou-se e chorou
Alicia se habló a sí misma con bastante brusquedad
Alice falou consigo mesma de forma bastante incisiva
"¡Vamos, no sirve de nada llorar así!"
"Venha, não adianta chorar assim!"
"¡Te aconsejo que te detengas ahora mismo!"
"Aconselho-o a parar logo neste minuto!"
En general, se daba muy buenos consejos
Ela geralmente se dava muito bons conselhos
aunque muy rara vez seguía sus propios consejos
embora ela muito raramente seguisse seus próprios conselhos
Y a veces era demasiado dura consigo misma
e ela às vezes era muito dura consigo mesma
y sus palabras hicieron que se le llenaran los ojos de

lágrimas
e as suas palavras trouxeram-lhe lágrimas aos olhos
Pronto sus ojos se posaron en una cajita de cristal
Logo seu olho caiu sobre uma caixinha de vidro
La cajita de cristal estaba debajo de la mesa
A caixinha de vidro estava deitada debaixo da mesa
En la caja de cristal había un pastel muy pequeño
na caixa de vidro havia um bolo muito pequeno
En el pastel, algunas palabras estaban bellamente escritas
No bolo algumas palavras foram lindamente escritas
Las palabras habían sido marcadas con grosellas
as palavras tinham sido marcadas em groselhas
"CÓMEME"
"COME-ME"
—Bueno, me comeré el pastel —dijo Alicia—
"Bem, eu vou comer o bolo", disse Alice
"y si el pastel me hace crecer, puedo llegar a la llave"
"e se o bolo me fizer crescer, posso chegar à chave"
"y si el pastel me hace más pequeño, puedo arrastrarme por debajo de la puerta"
"e se o bolo me fizer ficar menor, posso rastejar debaixo da porta"
"así que de cualquier manera me meteré en el jardín"
"então de qualquer maneira eu vou entrar no jardim"
"¡Y no me importa cuál de los dos suceda!"
"E eu não me importo qual dos dois acontece!"
Se comió un pedacito del pastel
Ela comeu um pouco do bolo
Y se habló a sí misma con ansiedad:
e ela ansiosamente falou consigo mesma:
—¿De qué manera? ¿Hacia dónde?
"De que maneira? De que maneira?"
Y se llevó la mano a la cabeza
e ela segurou a mão na cabeça
Quería sentir de qué manera estaba creciendo
ela queria sentir de que maneira ela estava crescendo
Se sorprendió bastante al descubrir lo que había sucedido

Ela ficou bastante surpresa ao descobrir o que tinha acontecido
¡Había permanecido del mismo tamaño!
ela tinha permanecido do mesmo tamanho!
Así que esta vez redobló sus esfuerzos
Então, desta vez, ela dobrou seus esforços
Y pronto terminó todo el pastel
e logo ela terminou todo o bolo

El charco de lágrimas
A Piscina das Lágrimas

-¡Esto se está poniendo cada vez más interesante! -exclamó Alicia-

"Isto está a ficar cada vez mais interessante!", gritou Alice

Se puede ver que estaba muy sorprendida

Você pode ver que ela ficou muito surpresa

"¡Me estoy abriendo como el telescopio más grande que jamás haya existido!"

"Estou abrindo como o maior telescópio que já existiu!"

—¡Adiós, pies! ¡Oh, mis pobres piecitos!

"Adeus, pés! Oh, meus pobres pezinhos"

"Me pregunto quién se pondrá sus zapatos por ustedes ahora, queridos".

"Eu me pergunto quem vai calçar seus sapatos para você agora, queridos?"

—¿Y me pregunto quién se pondrá las medias?

"E eu me pergunto quem vai colocar suas meias?"

"Estaré demasiado lejos"

"Estarei muito longe"

"No podré preocuparme más por ti"

"Eu não vou mais poder me preocupar com você"

Justo en ese momento su cabeza golpeó contra algo

Neste exato momento, sua cabeça bateu contra algo

Había llegado al techo de la sala

ela tinha chegado ao telhado do salão

De hecho, ahora medía más de dos metros de altura

na verdade, ela tinha agora mais de dois metros de altura

Y al instante tomó la pequeña llave de oro

e ela imediatamente assumiu a pequena chave de ouro

Y se apresuró a llegar a la puerta del jardín

e ela correu para a porta do jardim

¡Pobre Alicia! No había mucho que pudiera hacer

Coitada da Alice! Não havia muito que ela pudesse fazer

Se acostó de lado

Deitou-se de um lado

Y miró al jardín con un ojo

e ela olhou para o jardim com um olho
Pero salir adelante era más desesperado que nunca
Mas passar foi mais desesperado do que nunca
Se sentó y comenzó a llorar de nuevo
Sentou-se e começou a chorar novamente
Siguió derramando galones de lágrimas
Ela continuou derramando galões de lágrimas
Pronto había un gran estanque a su alrededor
Logo havia uma grande piscina ao seu redor
Y el agua llegaba hasta la mitad del pasillo
e a água chegou a meio do corredor
Al cabo de un rato, oyó un pequeño golpeteo de pies
Depois de um tempo, ela ouviu um pequeno bater de pés
Oyó los pasos que venían de lejos
ouviu os pés que vinham de longe
Y se secó los ojos apresuradamente para ver lo que venía
e secou apressadamente os olhos para ver o que estava por vir
Era el Conejo Blanco que regresaba
Era o Coelho Branco a regressar
Iba espléndidamente vestido
ele estava esplendidamente vestido
Tenía un par de guantes blancos en una mano
Ele tinha um par de luvas brancas em uma das mãos
y tenía un gran abanico de plumas en la otra mano
e ele tinha um grande leque de penas na outra mão
Llegó trotando a toda prisa
Ele veio trotando com muita pressa
y murmuró para sí: "¡Oh! ¡La duquesa, la duquesa!
e murmurou para si mesmo: "Oh! a Duquesa, a Duquesa!"
—¡Oh! ¡No será salvaje si la he hecho esperar!
"Ah! ela não será selvagem se eu a mantive esperando!"

Cuando el Conejo se acercó a ella, Alicia habló

Quando o Coelho se aproximou dela, Alice falou

Pero ella hablaba en voz baja y tímida

mas ela falava com uma voz baixa e tímida

"Señor, por favor, deje de hacer lo que está haciendo por un momento"

"Senhor, por favor, pare o que você está fazendo por um momento"

El Conejo se sobresaltó violentamente

O Coelho assustou-se violentamente

Dejó caer los guantes blancos y el abanico de plumas

deixou cair as luvas brancas e o leque de penas

Y se escabulló en la oscuridad lo más rápido que pudo

e fugiu para a escuridão o mais rápido que pôde

Alicia recogió el abanico de plumas y los guantes

Alice pegou o ventilador de penas e as luvas

Y no paraba de abanicarse mientras seguía hablando

e ela continuou se fantasiando enquanto continuava falando

"¡Querido, querido! ¡Qué extraño es todo hoy!"

"Querido, querido! Como tudo é estranho hoje!"
"Ayer las cosas siguieron como siempre"
"Ontem as coisas correram como habitualmente"
—¿Era yo el mismo cuando me levanté esta mañana?
"Eu era o mesmo quando me levantei esta manhã?"
"Pero si no soy el mismo, hay otra cuestión"
"Mas se eu não sou o mesmo, há outra questão"
"¿Quién demonios soy yo?"
"Quem no mundo sou eu?"
"¡Ah, ese es el gran rompecabezas!"
"Ah, esse é o grande quebra-cabeça!"
Al decir esto, se miró las manos
Ao dizer isso, ela olhou para suas mãos
Llevaba uno de los Conejos, gusanos blancos
Ela estava usando uma das pequenas luvas brancas dos coelhos
No se había dado cuenta de que se había puesto el guante mientras hablaba
ela não tinha notado que ela colocou a luva enquanto falava
"¿Cómo pude haber hecho eso?", pensó
"Como posso ter feito isso?", pensou
"Debo estar haciéndome pequeño otra vez"
"Devo estar a ficar pequeno outra vez"
Se levantó y se acercó a la mesa para medir su altura
Levantou-se e foi para a mesa medir a sua altura
Descubrió que ahora medía aproximadamente medio metro de altura
descobriu que tinha agora cerca de meio metro de altura
Y ella seguía encogiéndose rápidamente
e ela ainda estava encolhendo rapidamente
Pronto descubrió cuál era la causa del encogimiento
Ela logo descobriu qual era a causa do encolhimento
¡El abanico de plumas la estaba haciendo más pequeña de nuevo!
o fã de penas estava a torná-la mais pequena outra vez!
Y dejó caer el abanico de plumas apresuradamente
e ela largou o leque de penas às pressas

Dejó caer el abanico de plumas justo a tiempo para salvarse
Ela largou o ventilador de penas a tempo de se salvar
Si se hubiera abanicado por más tiempo, se habría encogido por completo
se ela tivesse se fantasiado mais, teria se encolhido completamente
-¡Ha sido una fuga por los pelos! -dijo Alicia-
"Foi uma fuga por pouco!", disse Alice
Y se asustó mucho ante el cambio repentino
e ela ficou bastante assustada com a mudança repentina
pero estaba muy contenta de encontrarse todavía en existencia
mas ela estava muito feliz por se encontrar ainda na existência
—¡Y ahora, al jardín!
"E agora, vamos para o jardim!"
Y corrió a toda prisa hacia la puertecita
E ela correu com toda a velocidade de volta para a pequena porta
Pero, ¡ay! La puertecita se cerró de nuevo
mas, infelizmente! a pequena porta foi fechada novamente
Y la pequeña llave de oro volvía a estar sobre la mesa de cristal
e a pequena chave dourada estava deitada na mesa de vidro novamente
"Las cosas están peor que nunca", pensó el pobre niño
"As coisas estão piores do que nunca", pensou a pobre criança
"Nunca antes había sido tan pequeño como esto, ¡nunca!"
"Nunca fui tão pequena como antes, nunca!"
Al decir estas palabras, su pie resbaló
Quando ela disse essas palavras, seu pé escorregou
¡Y en otro momento hubo un gran chapoteo!
e em outro momento houve um grande splash!
Estaba sumergida en agua salada hasta la barbilla
ela estava até o queixo em água salgada
Su primera idea fue que de alguna manera había caído al mar
A sua primeira ideia foi que, de alguma forma, tinha caído no

mar
Sin embargo, pronto se dio cuenta de en qué estaba metida
No entanto, ela logo percebeu no que estava
Estaba en un charco de lágrimas
Ela estava em uma poça de lágrimas
las lágrimas que había llorado cuando tenía dos metros de altura
as lágrimas que chorara quando tinha dois metros de altura

Justo en ese momento escuchó algo
Só então ela ouviu algo
Algo chapoteaba en la piscina
algo estava espirrando na piscina
El chapoteo venía de un poco más lejos
os salpicos vieram de um pouco longe
Y se acercó nadando para ver qué era el chapoteo
e ela nadou mais perto para ver o que era o salpicos
Pronto vio que era solo un ratoncito
Ela logo viu que era apenas um ratinho
El ratoncito también se había metido en el agua
O ratinho também tinha escorregado para a água
Alicia pensó para sí misma sobre la situación

Alice pensou consigo mesma sobre a situação

—¿Serviría de algo hablar con este ratón?

"Seria de alguma utilidade falar com este rato?"

"Aquí todo está tan al revés"

"Aqui está tudo tão de cabeça para baixo"

"Creo que es muy probable que este ratón pueda hablar"

"Devo pensar muito provavelmente que este rato pode falar"

"En cualquier caso, no hay nada de malo en intentarlo"

"De qualquer forma, não há mal nenhum em tentar"

Así que empezó a tratar de hablar con el ratón

Então ela começou a tentar falar com o rato

"Oh Ratón, ¿conoces la forma de salir de esta piscina?"

"Oh Mouse, você sabe o caminho para sair desta piscina?"

—¡Estoy muy cansado de nadar por aquí, oh ratón!

"Estou muito cansado de nadar por aqui, Oh Mouse!"

El ratón la miró con curiosidad

O rato olhou-a de forma bastante curiosa

El ratón parecía guiñar un ojo con uno de sus ojitos

O rato parecia piscar com um dos seus olhinhos

Pero el ratoncito no dijo nada

mas o ratinho não disse nada

"A lo mejor el ratón no entiende inglés", pensó Alicia

"Talvez o rato não entenda inglês", pensou Alice

"Me atrevo a decir que es un ratón francés"

"Ouso dizer que é um rato francês"

"tal vez este ratón vino con Guillermo el Conquistador"

"talvez este rato tenha vindo com Guilherme, o Conquistador"

Así que empezó de nuevo, en francés

Então ela começou de novo, em francês

"¿Dónde está mi gato?", preguntó en francés

"Onde está o meu gato?", perguntou em francês

era la primera frase de su libro de clases de francés

foi a primeira frase do seu livro-aula de francês

El Ratón dio un súbito salto fuera del agua

O Rato deu um salto repentino para fora da água

y el ratón pareció temblar de miedo

e o rato parecia tremer todo de susto

-¡Oh, le ruego que me perdone! -exclamó Alicia
apresuradamente-
"Oh, peço perdão!", gritou Alice apressadamente
Temía haber herido los sentimientos del pobre animal
ela tinha medo de ter ferido os sentimentos do pobre animal
"Olvidé que no te gustaban los gatos"
"Esqueci-me que não gostavas de gatos"
**—¡No me gustan los gatos! —exclamó el ratón con voz
estridente y apasionada—**
"Eu não gosto de gatos!", gritou o Rato com uma voz
estridente e apaixonada
—¿Te gustaría tener gatos, si fueras yo?
"Você gostaria de gatos, se você fosse eu?"
Alicia consoló al ratón en un tono tranquilizador
Alice confortou o rato num tom suave
**"Bueno, tal vez a mí tampoco me gustarían los gatos si fuera
tú"**
"Bem, talvez eu não gostasse de gatos se eu fosse você
também"
"Por favor, no te enfades por la mención de los gatos"
"por favor, não se zangue com a menção de gatos"
**"Y, sin embargo, desearía poder mostrarte a nuestra gata
Dinah"**
"E, no entanto, eu gostaria de poder mostrar-lhe a nossa gata
Dinah"
"Si la conocieras, creo que te encapricharías de los gatos"
"se você a conhecesse, acho que levaria uma fantasia aos
gatos"
"Si tan solo pudieras verla"
"Se você só pudesse vê-la"
"Es una cosa tan querida y tranquila"
"Ela é uma coisa tão querida e tranquila"
El ratón temblaba por todas partes
O rato tremia todo
**Alicia estaba segura de que el ratón debía de estar realmente
ofendido**
Alice sentiu-se certa de que o rato devia estar realmente

ofendido
"No hablaremos más de ella, si prefieres no hacerlo"
"Não vamos mais falar dela, se preferir não"
-¡Nosotros, en efecto! -exclamó el Ratón-
"Nós, de fato!", gritou o Rato
El ratón temblaba hasta la punta de la cola
o rato tremia até ao fim da cauda
—¡Como si fuera a hablar de un tema así!
"Como se eu falasse sobre um assunto desses!"
"Nuestra familia siempre odió a los gatos"
"A nossa família sempre odiou gatos"
"Gatos; ¡Cosas desagradables, bajas, vulgares!"
"gatos; coisas desagradáveis, baixas, vulgares!"
"¡No dejes que vuelva a escuchar el nombre!"
"Não me deixe ouvir o nome novamente!"
-¡No volveré a hablar de los gatos! -dijo Alicia-
"Não vou falar de gatos de novo!", disse Alice
Tenía mucha prisa por cambiar de tema
ela estava com muita pressa para mudar de assunto
"¿Eres tú... ¿Te gustan los perros?
"Você é... Você gosta de cachorros?"
"Hay un perrito tan simpático cerca de nuestra casa"
"Há um cãozinho tão agradável perto da nossa casa"
—¡Me gustaría enseñarte el perrito!
"Gostaria de lhe mostrar o cãozinho!"
"Este perrito mata a todas las ratas y...
"Este cãozinho mata todos os ratos e..."
-¡Oh, querida! -exclamó Alicia en tono triste-
"Oh, querida!", gritou Alice em tom de tristeza
"¡Me temo que te he ofendido de nuevo!"
"Tenho medo de te ofender de novo!"
El ratón se alejaba nadando de ella tan rápido como podía
o rato estava nadando para longe dela o mais rápido que
podia ir
y el ratón hizo un gran alboroto en la piscina
e o rato fez uma grande comoção na piscina
Así que llamó suavemente al ratón

Então ela ligou suavemente atrás do rato
"¡Mi querido ratón, por favor vuelve!"
"Meu querido rato, por favor, volte!"
"Y no hablaremos de gatos"
"E não vamos falar de gatos"
"Y tampoco tenemos que hablar de perros"
"E também não temos de falar de cães"
Cuando el ratón escuchó esto, se dio la vuelta
Quando o rato ouviu isso, virou-se
Y el ratoncito nadó lentamente de regreso a ella
e o ratinho nadou lentamente de volta para ela
La cara del ratón estaba bastante pálida
o rosto do rato estava bastante pálido
Y el ratón habló, en voz baja y temblorosa
e o rato falou, com voz baixa e trêmula
"Vamos a la orilla"
"Vamos à costa"
"y luego te contaré mi historia"
"e depois vou contar-vos a minha história"
"y entenderás por qué odio a los gatos y a los perros"
"e você vai entender por que é que eu odeio cães e gatos"
Ya era hora de partir
Tinha chegado o momento de partir
porque la piscina se estaba llenando bastante
porque a piscina estava ficando bastante lotada
Otros pájaros y animales habían caído en el estanque
outras aves e animais tinham caído na piscina
había un pato y un dodo
havia um pato e um dodô
y había un pájaro lori y un aguilucho
e havia um pássaro Lory e um Eaglet
Y había varias otras criaturas de aspecto interesante
e havia várias outras criaturas de aparência interessante
Alicia abrió el camino para salir de la piscina
Alice conduziu o caminho para fora da piscina
Y todo el grupo de animales nadó hasta la orilla
e todo o grupo de animais nadou até a praia

Una carrera de caucus y una larga cola
Uma corrida de caucus e uma cauda longa
De hecho, eran un grupo de animales de aspecto gracioso
Eles eram, de fato, um bando de animais de aparência
engraçada
Y todos se reunieron a la orilla del agua
e todos se reuniram na margem da água
Todos los pájaros tenían las plumas desaliñadas
todos os pássaros tinham penas arrastadas
y los animales peludos estaban empapados
e os animais peludos foram encharcados
y todos estaban empapados, molestos e incómodos
e todos estavam pingando molhados, irritados e
desconfortáveis

Había una pregunta que había que responder primero
havia uma pergunta que tinha de ser respondida primeiro
¿Cuál es la mejor manera de que todos se sequen?
Qual é a melhor maneira de todos ficarem secos?
Tuvieron una consulta sobre este asunto
Procederam a uma consulta sobre este assunto

Pronto todos se sintieron en términos familiares
logo estavam todos em termos familiares
Era como si los conociera de toda la vida
era como se os tivesse conhecido toda a vida
El ratón parecía ser una persona de cierta autoridad
o rato parecia ser uma pessoa de alguma autoridade
"¡Siéntense todos y escúchenme!
"Sentem-se, todos vocês, e ouçam-me!
"¡Pronto los volveré a secar!"
"Em breve vou fazer todos vocês secarem de novo!"
Se sentaron todos a la vez, en un gran círculo
Todos se sentaram de uma só vez, num grande anel
y el ratoncito se sentó en el medio
e o ratinho sentou-se no meio
—¡Ejem! —dijo el ratón con aire importante—
"Ahem!", disse o rato com um ar importante
"¿Están todos listos?"
"Estão todos prontos?"
"Esto es lo más seco que conozco"
"Esta é a coisa mais seca que conheço"
—¡Silencio por todas partes, por favor!
"Silêncio ao redor, se quiser!"
"Guillermo el Conquistador fue favorecido por el Papa"
"Guilherme, o Conquistador, foi favorecido pelo Papa"
"pero pronto fue sometido por los ingleses"
"mas logo foi submetido pelos ingleses"
"Últimamente querían líderes"
"Queriam líderes dos últimos tempos"
"Y se habían acostumbrado al poder y a la conquista"
"e estavam habituados ao poder e à conquista"
"Edwin y Morcar, los condes de Mercia y Northumbria"
"Edwin e Morcar, os Condes de Mércia e Nortúmbria"
—¡Uf! —exclamó el pájaro lori con un escalofrío—
"Ugh!", disse o pássaro lori, com um arrepio
"e incluso Stigand, el patriota arzobispo de Canterbury"
"e até mesmo Stigand, o arcebispo patriótico de Cantuária"
"A él también le pareció aconsejable"

"Ele também achou aconselhável"

-¿Qué le pareció aconsejable? -dijo el pato-

"O que ele achou aconselhável?", disse o pato

—Le pareció aconsejable —replicó el ratón con cierto enfado—

"Ele achou aconselhável", respondeu o rato de forma bastante cruzada

Pero el pato no estaba satisfecho

mas o pato não estava satisfeito

"Por supuesto, ya sabes lo que significa"

"Claro, você sabe o que 'isso' significa"

—Sé lo que es cuando encuentro una cosa —dijo el pato—

"Eu sei o que é 'isso' quando encontro uma coisa", disse o pato

"Generalmente es una rana o un gusano"

"geralmente é um sapo ou um verme"

"La pregunta es, ¿qué encontró el arzobispo?"

"A questão é: o que o arcebispo encontrou?"

El ratón no se dio cuenta de esta pregunta

O rato não reparou nesta pergunta

En cambio, el ratón continuó apresuradamente con el discurso

Em vez disso, o rato prosseguiu apressadamente com o discurso

"le pareció aconsejable ir con Edgar Atheling"

"achou aconselhável ir com Edgar Atheling"

"para encontrarme con Guillermo y ofrecerle la corona"

"encontrar-se com Guilherme e oferecer-lhe a coroa"

el ratón continuó, volviéndose hacia Alicia mientras hablaba

o rato continuou, virando-se para Alice enquanto falava

—¿Cómo te va ahora, querida?

"Como você está se saindo agora, meu caro?"

—Tan mojado como siempre —dijo Alicia en tono melancólico—

"Tão molhada como sempre", disse Alice em tom melancólico

"Esta historia no parece que me seque en absoluto"

"Esta história não me parece secar de todo"

—En ese caso —dijo solemnemente el dodo, poniéndose en

pie—

— Nesse caso — disse solenemente o dodô, erguendo-se de pé

"Voto que se levante la sesión"

"Voto pelo adiamento da reunião"

"y propongo la adopción inmediata de remedios más enérgicos"

"e proponho a adoção imediata de remédios mais enérgicos"

—¡Di palabras de verdad! —dijo el aguilucho—

"Fale palavras verdadeiras!", disse a águia

"No conozco el significado de la mitad de esas palabras largas"

"Não sei o significado de metade dessas palavras longas"

—¡Y, lo que es más, tampoco creo que tú lo sepas!

"e, além disso, eu não acredito que você também saiba!"

—Lo que iba a decir —dijo el dodo en tono ofendido—

"O que eu ia dizer", disse o dodô em tom ofendido

"Lo mejor para deshacernos sería una contienda electoral"

"A melhor coisa para nos secar seria uma corrida de caucus"

—¿Qué es una contienda electoral? —preguntó Alicia

"O que é uma corrida de caucus?", perguntou Alice

—Bueno —dijo el dodo—, la mejor manera de explicarlo es hacerlo.

"Bem", disse o dodô, "a melhor maneira de explicar é fazê-lo"

"Primero el dodo trazó un hipódromo"

"Primeiro o dodô marcou um autódromo"

"La pista estaba en una especie de círculo"

"a pista estava numa espécie de círculo"

"Y luego todo el grupo se colocó a lo largo del recorrido"

"e depois toda a festa foi colocada ao longo do percurso"

No hubo "¡Uno, dos, tres y fuera!"

Não havia "Um, dois, três e longe!"

pero empezaron a correr cuando quisieron

mas começaram a correr quando gostavam

Y también terminaban cuando querían

e também terminaram quando gostaram

Así que no era fácil saber cuándo había terminado la carrera

Por isso, não foi fácil saber quando a corrida terminou

Después de media hora más o menos de correr, todos estaban bastante secos

depois de meia hora ou mais de corrida, estavam todos bastante secos

el dodo gritó de repente: "¡La carrera ha terminado!"

o dodô de repente gritou: "A corrida acabou!"

Y todos se agolparon alrededor del dodo

e todos eles se aglomeraram ao redor do dodô

Todos los animales jadeaban y resoplaban

Todos os animais estavam ofegantes e inchados

y todos querían saber: "¿Pero quién ha ganado?"

e todos queriam saber: "Mas quem ganhou?"

El dodo no pudo responder de inmediato a esta pregunta

Esta pergunta o dodô não poderia responder imediatamente

Primero tuvo que pensar mucho

Primeiro ele teve que pensar muito

Después de pensarlo mucho, el Dodo finalmente habló

Depois de muito pensar, o dodô finalmente falou

"Todos han ganado y todos deben tener premios"

"Toda a gente ganhou e todos devem ter prémios"

"¿Pero quién va a dar los premios?", preguntó un coro de voces
"Mas quem vai dar os prémios?", perguntou um coro de vozes
—Bueno, ella, por supuesto —dijo el dodo—
"Bem, ela, claro", disse o dodô
y el dodo señaló con un dedo a Alicia
e o dodô apontou com um dedo para Alice
y todo el grupo de animales se agolpó a su alrededor
e toda a festa de animais amontoados ao seu redor
gritaron, de manera confusa: "¡Premios! ¡Premios!"
gritaram, de forma confusa: "Prémios! Prémios!"
Alicia no tenía ni idea de qué hacer
Alice não fazia ideia do que fazer
Desesperada, se metió la mano en el bolsillo
Desesperada, meteu a mão no bolso
Y sacó una caja de dulces
e puxou uma caixa de doces
Por suerte, el agua salada no había entrado en la caja
Felizmente a água salgada não tinha entrado na caixa
Y repartió los dulces como premios
e entregou os doces como prémios
Había exactamente una pieza para todos
Havia exatamente uma peça para todos
Lo siguiente que tenían que hacer era comer los dulces
A próxima coisa que tinham de fazer era comer os doces
Esto causó algo de ruido y confusión
Isso causou algum barulho e confusão
Los grandes pájaros se quejaban de que no podían saborear sus dulces
as aves de grande porte queixavam-se de não poderem provar os seus doces
Los pequeños se ahogaron y hubo que darles palmaditas en la espalda
os pequenos engasgaram e tiveram de ser acariciados nas costas
Sin embargo, al fin se acabó
No entanto, finalmente acabou

y se sentaron de nuevo en un anillo
e voltaram a sentar-se num ringue
Y le rogaron al ratón que les dijera algo más
e imploraram ao rato que lhes dissesse algo mais
—Prometiste contarme tu historia, ¿sabes? —dijo Alicia—
"Você prometeu me contar sua história, você sabe", disse Alice
E hizo otro pequeño comentario sobre los gatos en un susurro
e ela fez outro pequeno comentário sobre gatos em um sussurro
No quería volver a ofender al ratón
ela não queria ofender o rato novamente
el ratoncito se volvió hacia Alicia y suspiró
o ratinho virou-se para Alice e suspirou
—¡La mía es una larga y triste historia!
"O meu é um conto longo e triste!"
—Es una cola larga, sin duda —dijo Alicia—
"É uma cauda longa, certamente", disse Alice
Y miró con asombro la cola del ratón
e ela olhou para baixo com admiração para a cauda do rato
—¿Pero por qué le llamas cola triste?
"Mas por que você chama isso de rabo triste?"
Y ella seguía desconcertada al respecto mientras el ratón hablaba
E ela continuou intrigada sobre isso enquanto o rato falava
de modo que su idea del cuento era más o menos así
de modo que sua ideia do conto era algo assim

"Fury said to
a mouse, That
he met in the
house, 'Let
us both go
to law: *I*
will prosecute
you.—
Come, I'll
take no denial:
We must have
the trial;
For really
this morning
I've
nothing
to do.'
Said the
mouse to
the cur,
'Such a
trial, dear
sir, With
no jury
or judge,
would
be wasting
our
breath.'
'I'll be
judge,
I'll be
jury,'
said
cunning
old
Fury;
'I'll
try
the
whole
cause,
and
condemn
you to
death.'"

Furia le dijo a un ratón: "Que se encontró en la casa"

Fúria disse a um rato, Que ele se encontrou na casa"

Vayamos los dos a la ley: yo te procesaré

Vamos ambos à justiça: vou processá-los

Vamos, no aceptaré ninguna negación: debemos tener el juicio

Venha, não vou negar: temos de ter o julgamento

Porque realmente esta mañana no tengo nada que hacer

Porque realmente esta manhã eu não tenho nada para fazer

Dijo el ratón al cur;

Disse o rato ao curativo;

Un juicio así, querido señor, sin jurado ni juez, sería una pérdida de aliento
Tal julgamento, caro senhor, sem júri ou juiz, estaria a desperdiçar-nos o fôlego
—Seré juez, seré jurado —dijo el astuto viejo Fury—
"Vou ser juiz, vou ser jurado", disse o velho Fúria
Juzgaré toda la causa y te condenaré a muerte
Vou tentar toda a causa e condená-lo à morte
el ratón le habló severamente a Alicia
o rato falou severamente com Alice
"¡No estás prestando atención!"
"Você não está prestando atenção!"
—¿En qué estás pensando?
"O que você está pensando?"
—Le ruego que me perdone —dijo Alicia muy humildemente—
— Peço perdão — disse Alice muito humildemente
– ¿Habías llegado a la quinta curva, creo?
"você tinha chegado à quinta curva, eu acho?"
"¡Me insultas diciendo tales tonterías!"
"Você me insulta falando essas bobagens!"
Y el ratón se levantó y se alejó
e o rato levantou-se e afastou-se
Alicia llamó al ratoncito
Alice chamou por causa do ratinho
"¡Por favor, regresa y termina tu historia!"
"Por favor, volte e termine sua história!"
Y todos los demás se unieron a coro
E os outros juntaram-se todos em coro
"¡Sí, por favor, termine su historia!"
"Sim, por favor, termine a sua história!"
Pero el ratón se limitó a negar con la cabeza con impaciencia
Mas o rato apenas balançou a cabeça impacientemente
Y el ratoncito caminó un poco más rápido
e o ratinho andava um pouco mais depressa
—¡Ojalá tuviera aquí a Dinah, nuestra gata! —dijo Alicia—
"Quem me dera ter a Dinah, a nossa gata, aqui!", disse Alice

Esto causó una notable sensación entre el grupo

Isso causou uma sensação notável entre o partido

Algunos de los pájaros se apresuraron a huir de inmediato

Alguns dos pássaros saíram apressados de uma só vez

y un canario gritó con voz temblorosa a sus hijos;

e um Canário gritou, com voz trêmula, aos seus filhos;

—¡Váyanse, queridos míos!

"Vá embora, meus queridos!"

"¡Ya es hora de que estén todos en la cama!"

"Está na hora de vocês estarem todos na cama!"

Con varias excusas se fueron todos

com várias desculpas, todos foram embora

y Alicia no tardó en quedarse sola

e Alice logo foi deixada sozinha

—¡Ojalá no hubiera mencionado a Dinah!

"Eu gostaria de não ter mencionado Dinah!"

"Parece que a nadie le gusta aquí abajo"

"Ninguém parece gostar dela aqui em baixo"

—¡Pero estoy seguro de que es la mejor gata del mundo!

"mas tenho certeza que ela é a melhor gata do mundo!"

La pobre Alicia se echó a llorar de nuevo

A pobre Alice voltou a chorar

porque se sentía muy sola y desanimada

porque se sentia muito solitária e desanimada

Al cabo de un rato, sin embargo, volvió a oír algo

Em pouco tempo, no entanto, ela voltou a ouvir algo

un pequeño golpeteo de pasos a lo lejos

um pequeno respingo de passos ao longe

Y ella miró hacia arriba ansiosamente

e ela olhou ansiosamente

El conejo manda al pequeño Sr. Bill
O coelho manda o pequeno Sr. Bill

Era el conejo blanco, que volvía trotando lentamente
Era o coelho branco, trotando lentamente de volta novamente
Miraba a su alrededor ansiosamente mientras se alejaba
Ele olhava ansioso enquanto ia
Parecía como si hubiera perdido algo
parecia ter perdido alguma coisa
Alicia le oyó murmurar para sí misma
Alice ouviu-o murmurar para si mesmo
—¡La duquesa! ¡La duquesa! ¡Oh, mis queridas patas!
"A Duquesa! A Duquesa! Oh, minhas queridas patas!"
—¡Oh, mi pelo y mis bigotes!
"Oh, meu pelo e bigodes!"
"Ella hará que me ejecuten, estoy seguro de eso"
"Ela vai me executar, tenho certeza disso"
—¡Tan cierto como que los hurones son hurones!
"Tão certo como os furões são furões!"
"¿Dónde puedo haber dejado mis cosas, me pregunto?"
"Onde posso ter largado as minhas coisas, pergunto-me?"
Alicia adivinó en un momento lo que estaba buscando
Alice adivinhou num instante o que ele procurava

Buscaba el abanico de plumas
ele estava procurando o fã de penas
Y buscaba el par de guantes blancos
e procurava o par de luvas brancas
Así que ella, muy bondadosamente, comenzó a buscar los guantes
então ela muito bem-humorada começou a procurar as luvas
Y también buscó el abanico de plumas
e ela procurou o fã de penas também
Pero los guantes y el abanico de plumas no se veían por ninguna parte
mas as luvas e o ventilador de penas não eram vistos em lugar nenhum
Todo parecía haber cambiado desde que se bañó en la piscina
Tudo parecia ter mudado desde o seu mergulho na piscina
Nada era igual desde que estaba en el Gran Salón
Nada era igual desde que ela estava no Grande Salão
y la mesa de cristal había desaparecido
e a mesa de vidro tinha desaparecido
Y la puertecita tampoco estaba allí
e a pequena porta também não estava lá
Muy pronto el conejo se fijó en Alicia
Logo o coelho notou Alice
—la llamó en tono airado
chamou-a em tom de raiva
—Mary Ann, ¿qué haces aquí?
"Mary Ann, o que você está fazendo aqui fora?"
"Corre a casa en este momento"
"Corra para casa neste momento"
—¡Y tráeme un par de guantes y un abanico de plumas!
"E me busque um par de luvas e um ventilador de penas!"
—¡Y date prisa!
"E seja rápido sobre isso!"
Alicia se habló a sí misma mientras salía corriendo
Alice falou consigo mesma enquanto fugia
—¡Debe de haberme confundido con su criada!

"Ele deve ter me confundido com sua empregada doméstica!"
"¡Qué sorpresa se quedará cuando se entere de quién soy!"
"Como ele ficará surpreso quando descobrir quem eu sou!"
Al decir esto, se encontró con una casita pulcra
Ao dizer isso, deparou-se com uma casinha arrumada
En la puerta de la casa había una placa de bronce brillante
Na porta da casa havia uma placa de latão brilhante
"W. CONEJO"
"W. COELHO"
Entró sin llamar a la puerta
Ela entrou sem bater na porta
Y se apresuró a subir las escaleras
e ela correu direto para o andar de cima
le preocupaba conocer a la verdadera Mary Ann
ela temia conhecer a verdadeira Mary Ann
porque entonces la echarían de la casa
porque então ela seria expulsa de casa
Y no sería capaz de encontrar el abanico de plumas y los guantes
e ela não seria capaz de encontrar o ventilador de penas e luvas
Alicia había encontrado el camino hacia una pequeña habitación ordenada
Alice tinha encontrado o caminho para um quartinho arrumado
En la habitación había una mesa junto a la ventana
na sala havia uma mesa junto à janela
y sobre la mesa había un abanico de plumas
e sobre a mesa estava um fã de penas
Y había dos o tres pares de diminutos guantes blancos
e havia dois ou três pares de pequenas luvas brancas
Cogió el abanico de plumas y un par de guantes
Ela pegou o ventilador de penas e um par de luvas
Y estaba a punto de salir de la habitación
e ela estava prestes a sair da sala
Pero entonces sus ojos se posaron en una botellita
mas então seus olhos caíram sobre uma garrafinha

Descorchó la botella y se la llevó a los labios
Ela descortinou a garrafa e colocou-a nos lábios
"Espero que me haga crecer de nuevo"
"Espero que me faça crescer de novo"
"¡Estoy cansada de ser una cosita tan pequeña!"
"Estou cansada de ser uma coisinha tão pequena!"
Alicia apenas se había bebido la mitad de la botella
Alice mal tinha bebido metade da garrafa
Su cabeza ya estaba presionada contra el techo
sua cabeça já estava pressionando contra o teto
Y tuvo que agacharse
e ela teve que se inclinar para baixo
para salvar su cuello de ser roto
para salvar seu pescoço de ser quebrado
Dejó apresuradamente la botella
Ela apressadamente abaixou a garrafa
"Con eso basta"
"Já chega"
"Espero no crecer más"
"Espero não crescer mais"
¡Ay! ¡Era demasiado tarde para desearlo!
Infelizmente! Era tarde demais para desejar isso!
Ella siguió creciendo y creciendo
Ela continuou crescendo e crescendo
y muy pronto tuvo que arrodillarse en el suelo
e logo teve que se ajoelhar no chão
Y aun así siguió creciendo
e mesmo assim ela continuou crescendo
Como último recurso, sacó un brazo por la ventana
Como último recurso, ela colocou um braço para fora da janela
Y metió un pie por la chimenea
e pôs um pé na chaminé
"Ahora no puedo hacer más, pase lo que pase"
"Agora não posso fazer mais, aconteça o que acontecer"
—¿Qué será de mí?
"O que será de mim?"

Alicia tuvo un poco de suerte

Alice teve um lugar de sorte

La pequeña botella mágica había tenido todo su efecto

a pequena garrafa mágica tinha tido todo o seu efeito

y Alicia no creció más de lo que era

e Alice não cresceu mais do que era

Al cabo de unos minutos oyó una voz en el exterior

Depois de alguns minutos, ela ouviu uma voz do lado de fora

Y se detuvo a escuchar la voz

e parou para ouvir a voz

—¡María Ana! ¡Mary Ann! -dijo la voz-

"Maria Ana! Mary Ann!", disse a voz

"¡Tráeme mis guantes en este momento!"

"Busca-me as luvas neste momento!"

Luego se oyó un pequeño golpeteo de pies en la escalera

Depois veio um pequeno bater de pés nas escadas

Alicia supo que era el conejo que venía a buscarla

Alice sabia que era o coelho que vinha procurá-la

Y tembló hasta hacer temblar la casa

e ela tremeu até sacudir a casa

Se olvidó por completo de sus proporciones
esquecéu-se completamente das suas proporções
Era mil veces más grande que el conejo
ela era mil vezes maior que o coelho
Y no tenía por qué temer a un conejo
e ela não tinha motivos para ter medo de um coelho
De pronto, el conejo se acercó a la puerta
Presentemente, o coelho veio até a porta
Y el conejito trató de abrir la puerta
e o coelhinho tentou abrir a porta
La puerta comenzó a abrirse hacia adentro
A porta começou a abrir-se para dentro
pero el codo de Alicia estaba apretado con fuerza contra la puerta
mas o cotovelo de Alice foi pressionado com força contra a porta
Ese intento resultó un fracaso
Essa tentativa revelou-se um fracasso
Alicia oyó que el conejo se hablaba a sí mismo
Alice ouviu o coelho falar consigo mesmo
"Entonces daré la vuelta y entraré por la ventana"
"Depois dou a volta e entro pela janela"
«¡Que no lo harás!», pensó Alicia
"Que você não vai!", pensou Alice
Y volvió a esperar un poco
e ela esperou um pouco novamente
Pronto oyó al conejo justo debajo de la ventana
Logo ela ouviu o coelho logo abaixo da janela
De repente extendió la mano
De repente, estendeu a mão
Y ella hizo un arrebato en el aire
e ela fez um arrebatamento no ar
No se apoderó de nada
Ela não se apoderou de nada
Pero oyó un pequeño alarido y una caída
mas ouviu um pequeno grito e uma queda
Y oyó el estrépito de cristales rotos

e ela ouviu uma queda de vidro quebrado

Tal vez el conejo se había caído

talvez o coelho tivesse caído

Tal vez estaba en un invernadero

talvez ele estivesse em uma casa verde

Luego se oyó una voz airada; La voz del conejo

Em seguida, veio uma voz irritada; A voz do coelho

"Pat, ¿dónde estás?"

"Pat, onde você está?"

Y entonces llegó una voz que nunca antes había oído

E então veio uma voz que ela nunca tinha ouvido antes

"¡Su señoría, estoy aquí!"

"Vossa honra, estou aqui!"

"Estoy cavando en busca de manzanas"

"Estou a cavar maçãs"

"¡Aquí! ¡Ven y ayúdame a salir de esto!"

"Aqui! Venha me ajudar a sair dessa!"

—Ahora dime, Pat, ¿qué es eso que hay en la ventana?

"Agora me diga, Pat, o que é isso na janela?"

"Claro, su señoría, se lo diré"

"Claro, sua honra, eu lhe direi"

"¡Es un brazo que está en la ventana!"

"É um braço que está na janela!"

"Bueno, un brazo no tiene nada que hacer allí"

"Bem, um braço não tem nada a ver com isso"

"¡Ve y quítate el brazo!"

"Vá e tire o braço!"

Hubo un largo silencio después de esto

Houve um longo silêncio depois disso

y Alicia sólo podía oír susurros de vez en cuando

e Alice só podia ouvir sussurros de vez em quando

Y, por fin, volvió a extender la mano

e, finalmente, estendeu novamente a mão

Y ella hizo otro arrebato en el aire

e ela fez outro arrebatamento no ar

Esta vez hubo dos pequeños chillidos

Desta vez, houve dois pequenos gritos

y se escucharon más sonidos de vidrios rotos
e havia mais sons de vidros quebrados
«¡Me pregunto qué harán ahora!», pensó Alicia
"Eu me pergunto o que eles vão fazer a seguir!", pensou Alice
"Ojalá me sacaran por la ventana"
"Quem me dera que me puxassem pela janela"
Esperó un buen rato
Ela esperou por algum tempo
Pero durante un rato no oyó nada más
mas por um tempo ela não ouviu mais nada
Por fin se oyó el estruendo de unas ruedas
Por fim, veio um estrondo de pequenas rodas
Y se oyó el sonido de muchas voces
e lá veio o som de um bom número de vozes
Todas las voces hablaban al unísono
todas as vozes falavam juntas
Pudo distinguir algunas de las palabras
Ela conseguia perceber algumas das palavras
—¿Dónde está la otra escalera?
"Onde está a outra escada?"
"Bill tiene la otra escalera"
"Bill tem a outra escada"
"¡Bill, ven aquí!"
"Bill, venha aqui!"
—¿Soportará el techo la carga?
"Será que o telhado vai suportar a carga?"
—¿Quién quiere bajar por la chimenea?
"Quem quer descer a chaminé?"
—¡No, no lo haré! ¡Tú lo haces!"
"Não, não vou! Você faz isso!"
—¡Aquí, Bill!
"Aqui, Bill!"
"¡El maestro dice que tienes que bajar por la chimenea!"
"O mestre diz que você tem que descer a chaminé!"
Alicia arrastró el pie por la chimenea todo lo que pudo
Alice puxou o pé o mais longe que pôde pela chaminé
Y luego esperó a ver lo que venía

e então ela esperou para ver o que estava por vir

Escuchó a un animalito arañar y revolver

Ela ouviu um bichinho arranhando e mexendo

El animalito debe estar en la chimenea

o animalzinho deve estar na chaminé

Luego dio una fuerte patada

Em seguida, ela deu um chute forte

Y esperó a ver qué pasaría después

e esperou para ver o que aconteceria a seguir

Oyó un coro general de voces

Ela ouviu um coro geral de vozes

"¡Ahí va Bill!", dijeron todos

"Lá vai Bill!", disseram todos

Entonces oyó solo la voz del conejo

depois ouviu sozinha a voz do coelho

"¡Tú por el seto, atrápalo!"

"Você pela sebe, pegue-o!"

Hubo otro momento de silencio

Houve mais um momento de silêncio

Y entonces hubo otra confusión de voces

e depois houve outra confusão de vozes

"Levanta la cabeza, Brandy"

"Levanta a cabeça, Brandy"

"Ten cuidado de no asfixiarlo"

"cuidado para não sufocá-lo"

—¿Qué te pasó?

"O que aconteceu com você?"

Por último, llegó una vocecita débil y chillona

Por último, veio uma voz um pouco fraca e estridente

"Bueno, ya casi no sé"

"Bem, quase não sei mais"

"Gracias a todos, ahora estoy mejor"

"obrigado a todos, estou melhor agora"

"Hay una cosa que puedo recordar"

"há uma coisa de que me lembro"

"Algo viene hacia mí como un tren en un túnel"

"algo me vem como um comboio num túnel"

"¡Y vuelo hacia arriba como un cohete!"
"e lá em cima eu voo como um foguete!"
Hubo uno o dos minutos de silencio
Houve um ou dois minutos de silêncio
Y entonces empezaron a moverse de nuevo
e então eles começaram a se mover novamente
y Alicia oyó hablar de nuevo al Conejo
e Alice ouviu o Coelho falar novamente
"Un túmulo servirá, para empezar"
"Um barrowful vai fazer, para começar"
«¿Un túmulo lleno de qué?», pensó Alicia
"Um barrowful de quê?", pensou Alice
Pero no la mantuvieron en suspenso por mucho tiempo
Mas ela não foi mantida em suspense por muito tempo
Una lluvia de guijarros entró por la ventana
Uma chuva de pequenos seixos veio pela janela
Y algunas de las piedrecitas le golpearon en la cara
e alguns dos pequenos seixos atingiram-na na cara
Alicia se sorprendió por los guijarros
Alice ficou surpreendida com os pequenos seixos
Todos los guijarros se estaban convirtiendo en pasteles
todos os pequenos seixos estavam se transformando em bolos
Y una idea brillante se le ocurrió
e uma ideia brilhante lhe veio à cabeça
"Debería comerme uno de estos pasteles"
"Devia comer um destes bolos"
"El pastel seguramente hará algún cambio en mi tamaño"
"bolo com certeza vai fazer alguma mudança no meu
tamanho"
Así que se tragó uno de los pasteles
Então ela engoliu um dos bolos
Y se alegró al descubrir que empezaba a encogerse
e ficou encantada ao descobrir que começou a encolher
**Pronto fue lo suficientemente pequeña como para pasar por
la puerta**
Logo ela era pequena o suficiente para passar pela porta
Salió corriendo de la casa

ela saiu correndo de casa
Una multitud de animalitos y pájaros esperaban afuera
uma multidão de pequenos animais e pássaros esperava do
lado de fora
todos los pajaritos y animales se abalanzaron sobre Alicia
todos os passarinhos e animais correram para Alice
Pero ella huyó lo más rápido que pudo
mas ela fugiu o mais rápido que pôde
Y pronto se encontró a salvo en un espeso bosque
e logo ela se viu segura em uma madeira grossa
Alicia vagaba por el bosque
Alice vagava pela floresta
Y pensó para sí misma:
e pensou consigo mesma:
"Sé lo que tengo que hacer primero"
"Sei o que tenho de fazer primeiro"
**"Primero tengo que volver a crecer hasta el tamaño
adecuado"**
"primeiro eu tenho que crescer para o meu tamanho certo
novamente"
**"Y luego tengo que encontrar mi camino hacia ese hermoso
jardín"**
"e então eu tenho que encontrar o meu caminho para aquele
lindo jardim"
"Supongo que debería comer o beber una cosa u otra"
"Suponho que devo comer ou beber uma coisa ou outra"
"Pero la pregunta es ¿qué debo comer o beber?"
"mas a questão é: o que devo comer ou beber?"
Alicia miró a su alrededor las flores
Alice olhou à sua volta para as flores
Y miró a través de las briznas de hierba
e ela olhou através das lâminas de grama
pero no podía ver nada de comer ni de beber
mas ela não conseguia ver nada para comer ou beber
Nada parecía ser lo adecuado para comer o beber
nada parecia a coisa certa para comer ou beber
Había un gran hongo creciendo cerca de ella

Havia um grande cogumelo crescendo perto dela
el hongo tenía aproximadamente la misma altura que Alicia
o cogumelo tinha aproximadamente a mesma altura que Alice
Se estiró de puntillas
Ela se esticou na ponta dos pés
Y se asomó por el borde del hongo
e ela espiou sobre a borda do cogumelo
Sus ojos se encontraron inmediatamente con los ojos de una gran oruga azul
seus olhos imediatamente encontraram os olhos de uma grande lagarta azul
La oruga estaba sentada en la parte superior del hongo
A lagarta estava sentada no topo do cogumelo
y la oruga se había cruzado de brazos
e a lagarta cruzara todos os braços
Y estaba fumando tranquilamente una larga cachimba
e ele estava silenciosamente fumando um longo narguilé
y no hizo la menor atención a nada
e não tomou a menor nota de nada
y ciertamente no le prestó atención a Alicia
e ele certamente não prestou atenção em Alice

Consejos de una oruga
Conselhos de uma lagarta
Por fin, la oruga se quitó la pipa de la boca
Por fim, a lagarta tirou o narguilé da boca
y se dirigió a Alicia con voz lánguida y soñolienta
e dirigiu-se a Alice com uma voz lânguida e sonolenta
—¿Quién eres? —preguntó la oruga
"Quem é você?", disse a lagarta

Alicia respondió, con cierta timidez: "No lo sé, señor"
Alice respondeu, bastante tímida: "Mal sei, senhor"
"Justo en este momento está todo un poco..."
"Só no momento é tudo um pouco..."
"Sé quién era cuando me levanté esta mañana"
"Eu sei quem eu era quando me levantei esta manhã""
"pero creo que debo haber cambiado varias veces desde entonces"
"mas acho que devo ter mudado várias vezes desde então"
—¿Qué quieres decir con eso? —dijo la oruga—
"O que você quer dizer com isso?", disse a lagarta
Con severidad, la oruga le pidió que se explicara

severamente, a lagarta pediu-lhe que se explicasse
—Me temo que no puedo explicarme, señor —dijo Alicia—
"Não consigo me explicar, tenho medo, senhor", disse Alice
"porque no soy yo mismo"
"porque eu não sou eu mesmo"
**"Verás, tener tantos tamaños diferentes en un día es muy
confuso"**
"Você vê, ser tantos tamanhos diferentes em um dia é muito
confuso"
Se incorporó y dijo muy gravemente:
Ela levantou-se e disse muito gravemente:
"Creo que primero deberías decirme quién eres"
"Eu acho que você deveria me dizer quem você é, primeiro"
"¿Por qué?", dijo la oruga
"Por quê?", disse a lagarta
Alicia no se le ocurría ninguna buena razón
Alice não conseguia pensar em nenhuma boa razão
**Y la oruga parecía estar en un estado de ánimo muy
desagradable**
e a lagarta parecia estar em um estado de espírito muito
desagradável
Así que se dio la vuelta
Então ela se afastou
"¡Vuelve!", la oruga la llamó
"Voltem!", a lagarta chamou por ela
"¡Tengo algo importante que decir!"
"Tenho algo importante a dizer!"
Alicia se dio la vuelta y volvió otra vez
Alice virou-se e voltou novamente
—**Mantén la calma** —dijo la oruga—
— Mantenha a calma — disse a lagarta
-**¿Eso es todo? -preguntó Alicia**
"Isso é tudo?", perguntou Alice
Y se tragó su rabia lo mejor que pudo
e ela engoliu sua raiva o melhor que pôde
—**No** —dijo la oruga—
"Não", disse a lagarta

La oruga desplegó sus brazos
A lagarta desdobrou os braços
Y volvió a sacarse la pipa de la boca
e tirou o narguilé da boca novamente
y él dijo: "Así que Ud. piensa que Ud. ha cambiado, ¿verdad?"
e ele disse: "Então você acha que está mudado, não é?"
—Me temo, he cambiado, señor —dijo Alicia—
"Tenho medo, estou mudada, senhor", disse Alice
"No puedo recordar las cosas como solía recordarlas"
"Não me lembro das coisas como costumava lembrar-me delas"
"¡Y no me quedo del mismo tamaño por más de diez minutos!"
"e eu não fico do mesmo tamanho por mais de dez minutos!"
"¿Qué tamaño quieres tener?", preguntó la oruga
"Que tamanho você quer ter?", perguntou a lagarta
—Oh, no me importa especialmente el tamaño que tenga — respondió Alicia apresuradamente—
"Oh, eu particularmente não me importo com o tamanho que eu sou", Alice respondeu apressadamente
"Simplemente no me gusta cambiar de tamaño tan a menudo, ya sabes"
"Eu simplesmente não gosto de mudar de tamanho com tanta frequência, sabe"
"Me gustaría ser un poco más grande, señor"
"Gostaria de ser um pouco maior, senhor"
—Si no te importa —añadió Alicia—
"Se você não se importasse", acrescentou Alice
"Diez centímetros es una altura tan miserable para ser"
"dez centímetros é uma altura tão miserável"
-¡Es una altura muy buena! -exclamó la oruga con rabia-
"É uma altura muito boa mesmo!", disse a lagarta irritada
Y se irguió mientras hablaba
e ergueu-se ereto enquanto falava
Medía exactamente diez centímetros de alto
ele tinha exatamente dez centímetros de altura

En uno o dos minutos, la oruga bajó del hongo
Em um ou dois minutos, a lagarta desceu do cogumelo
Y se arrastró por la hierba
e rastejou para a relva
Al alejarse, hizo algunas pequeñas observaciones
Quando foi embora, fez algumas pequenas observações
"Un lado te hará crecer más alto"
"Um lado vai fazer você crescer mais alto"
"Y el otro lado te hará acortar"
"e o outro lado vai fazer você ficar mais curto"
«¿Un lado de qué?», pensó Alicia para sí misma
"Um lado de quê?", pensou Alice para si mesma
—¿El otro lado de qué?
"O outro lado de quê?"
—El costado del hongo —dijo la oruga—
— O lado do cogumelo — disse a lagarta
Era como si hubiera hecho su pregunta en voz alta
era como se ela tivesse feito a pergunta em voz alta
Y en otro momento, se perdió de vista
e em outro momento, ele estava fora de vista
Alicia se quedó mirando pensativa el hongo
Alice ficou a olhar pensativa para o cogumelo
Estaba tratando de distinguir cuáles eran los dos lados del hongo
ela estava tentando descobrir quais eram os dois lados do cogumelo
Por fin, estiró los brazos alrededor de la seta
Por fim, estendeu os braços em torno do cogumelo
Y rompió un poco los bordes
e ela quebrou um pouco as arestas
"Y ahora, ¿qué lado es cuál?", se dijo a sí misma
"E agora, de que lado é qual?", ela disse para si mesma
Y mordisqueó un poco de la parte de la mano derecha
e ela mordiscou um pouco da mão direita
Al momento siguiente sintió un violento golpe debajo de la barbilla
No momento seguinte, sentiu um golpe violento debaixo do

queixo
¡Su barbilla había golpeado su pie!
o queixo tinha batido no pé!
Estaba bastante asustada por este cambio tan repentino
Ela ficou muito assustada com essa mudança muito repentina
Se estaba encogiendo muy rápidamente
Ela estava encolhendo muito rapidamente
Así que rápidamente se comió un poco del otro trozo de champiñón
então ela rapidamente comeu um pouco do outro pedaço de cogumelo
Su barbilla estaba muy presionada contra su pie
O queixo foi pressionado muito contra o pé
Apenas había espacio para abrir la boca
mal havia espaço para abrir a boca
Pero al fin logró abrir la boca
mas ela finalmente conseguiu abrir a boca
Y tragó un bocado del pedazo de la mano izquierda
e ela engoliu um pedaço da mão esquerda
-¡Por fin me han liberado la cabeza! -exclamó Alicia-
"Minha cabeça finalmente foi libertada!", disse Alice
Se miró a sí misma
Ela olhou para si mesma
Pero todo lo que podía ver era una inmensa longitud de cuello
mas tudo o que ela podia ver era um imenso comprimento de pescoço
Su cuello parecía elevarse como un tallo
seu pescoço parecia erguer-se como um talo
Y miró hacia abajo sobre un mar de hojas verdes
e ela olhou para baixo sobre um mar de folhas verdes
—¿A dónde han llegado mis hombros?
"Onde é que os meus ombros chegaram?"
"Y oh, mis pobres manos, ¿cómo es que no puedo verte?"
"E oh, minhas pobres mãos, como é que eu não posso vê-lo?"
Pero su cuello tenía un beneficio
Mas seu pescoço tinha um benefício

Podía mover la cabeza en cualquier dirección
ela podia mover a cabeça em qualquer direção
De hecho, era como una serpiente
na verdade, ela era como uma serpente
Ella zigzagueó con gracia con la cabeza hacia abajo
Ela graciosamente ziguezagueou a cabeça para baixo
Y movió la cabeza entre los árboles
e ela moveu a cabeça através das árvores
Pero entonces oyó un silbido agudo
mas então ela ouviu um silvo agudo
Y rápidamente echó la cabeza hacia atrás
e ela rapidamente puxou a cabeça para trás
Una gran paloma había volado hacia su cara
um pombo grande tinha voado em seu rosto
y la paloma se agitó violentamente con sus alas
e o pombo estava violentamente com as asas

-¡Serpiente! -exclamó la paloma-
"Serpente!", gritou o pombo
-¡No soy una serpiente! -exclamó Alicia indignada-
"Eu não sou uma serpente!", disse Alice indignada
"¡Déjame en paz!"
"Deixem-me em paz!"
"He probado las raíces de los árboles"
"Já experimentei as raízes das árvores"
—Y he probado setos —prosiguió la paloma—
"E eu tentei sebes", continuou o pombo
—¡Pero esas serpientes! ¡No hay forma de complacerlos!"
"Mas essas serpentes! Não há como agradá-los!"
Alicia estaba cada vez más desconcertada
Alice estava cada vez mais intrigada
**-Como si ya fuera bastante trabajo incubar los huevos -dijo
la paloma-**
"Como se não fosse problema suficiente chocar os ovos", disse
o pombo
**—¡De noche y de día también tengo que estar atento a las
serpientes!**
"De noite e de dia também tenho de cuidar das serpentes!"
"Acababa de encontrar el árbol más alto del bosque"
"Eu tinha acabado de encontrar a árvore mais alta da floresta"
—¿Estaría libre de serpientes aquí?
"certamente eu estaria livre de serpentes aqui?"
"¡Y sale una serpiente del cielo!"
"E sai uma serpente do céu!"
-¡Pero yo no soy una serpiente, te lo aseguro! -dijo Alicia-
"Mas eu não sou uma serpente, eu te digo!", disse Alice
"Soy un... Soy un... Soy una niña —añadió con cierta duda—
"Eu sou um... Eu sou um... Eu sou uma menina", acrescentou
com bastante dúvida
Después de todo, había estado pasando por muchos cambios
afinal, ela vinha passando por muitas mudanças
—Estás buscando huevos —dijo la paloma—
— Você está procurando ovos — disse o pombo
"Lo sé con certeza"

"Eu sei disso por um fato"
—¿Y qué importa si eres una niña o una serpiente?
"E o que importa se você é uma menina ou uma serpente?"
—A mí me importa mucho —dijo Alicia apresuradamente—
"É muito importante para mim", disse Alice apressadamente
"pero no estoy buscando huevos, como suele ser"
"mas não estou à procura de ovos, como acontece"
"Y de todos modos no querría tus huevos"
"e eu não gostaria de seus ovos de qualquer maneira"
"No me gustan los huevos crudos"
"Não gosto dos meus ovos crus"
-¡Pues váyase! -dijo la paloma en tono malhumorado-
"Bem, desligue-se então!", disse o pombo em tom de mau
humor
Y la paloma se instaló de nuevo en su nido
e o pombo instalou-se novamente no seu ninho
Alicia se agachó entre los árboles lo mejor que pudo
Alice agachou-se entre as árvores o melhor que pôde
Su cuello no dejaba de enredarse entre las ramas
seu pescoço continuava se enroscando entre os galhos
De vez en cuando tenía que detenerse y desenroscar el cuello
de vez em quando ela tinha que parar e destorcer o pescoço
Al cabo de un rato se acordó de la seta
Depois de algum tempo, lembrou-se do cogumelo
Todavía sostenía los trozos de hongo en sus manos
ela ainda segurava os pedaços de cogumelo nas mãos
Y se puso a trabajar con mucho cuidado
e ela começou a trabalhar com muito cuidado
Primero mordisqueó una pieza
primeiro ela mordiscou um pedaço
Y luego mordisqueó la otra pieza
e então ela mordiscou o outro pedaço
A veces crecía
às vezes ela ficava mais alta
y a veces se acortaba
e às vezes ela ficava mais curta
pero finalmente alcanzó su altura habitual

mas finalmente ela alcançou sua altura habitual
Hacía tiempo que no era de su estatura
ela não tinha sua própria altura há algum tempo
Así que todo se sintió extraño por un tiempo
então tudo parecia estranho por um tempo
"Lo siguiente que hay que hacer es entrar en ese hermoso jardín"
"A próxima coisa a fazer é entrar naquele belo jardim"
—¿Cómo se va a hacer eso, me pregunto?
"Como é que isso vai ser feito, pergunto-me?"
Al decir esto, llegó a un lugar abierto
Ao dizer isso, deparou-se com um lugar aberto
Había una casita, un poco más de un metro de altura
Havia uma casinha, um pouco mais alta do que um metro
"Me pregunto quién vive en esta casita"
"Pergunto-me quem vive nesta casinha"
"Ciertamente no puedo entrar tan grande como soy"
"Eu certamente não posso entrar tão grande quanto eu sou"
—¡Los asustaría terriblemente!
"Eu os assustaria terrivelmente!"
Así que volvió a mordisquear el pequeño champiñón
então ela mordiscou o pequeno cogumelo novamente
Y pronto bajó treinta centímetros
e logo ela se abaixou trinta centímetros

Un cerdo y un poco de pimienta

Um porco e um pouco de pimenta

Durante uno o dos minutos se quedó mirando la casa

Por um minuto ou dois, ela ficou olhando para a casa

De repente, un lacayo salió corriendo del bosque

De repente, um peão saiu correndo da floresta

Vestía un uniforme especial

ele estava usando um uniforme de pintura especial

A juzgar solo por su rostro, ella lo habría llamado pez

A julgar apenas pelo seu rosto, ela tê-lo-ia chamado de peixe

Y golpeó fuertemente la puerta con los nudillos

e bateu alto na porta com os dedos

La puerta fue abierta por otro lacayo

A porta foi aberta por outro peão

Este lacayo también llevaba una librea especial

este peão também usava uma pintura especial

Este lacayo tenía una cara redonda y ojos grandes como los de una rana

Este peão tinha um rosto redondo e olhos grandes como um sapo

El lacayo, que parecía un pez, inició la ceremonia
O peão que parecia um peixe iniciou a cerimónia
Sacó algo de debajo de su brazo
Ele puxou algo debaixo do braço
Y sacó de debajo del brazo un sobre
e puxou de debaixo do braço um envelope
Y este sobre se lo entregó al otro lacayo
e este envelope ele entregou ao outro peão
En tono ceremonioso le comunicó las órdenes
Num tom cerimonioso, disse-lhe as ordens
"Este mensaje es para la duquesa"
"Esta mensagem é para a Duquesa"
"Una invitación de la reina a jugar al croquet"
"Um convite da rainha para jogar croquet"
El lacayo, que parecía una rana, repitió la orden
O peão que parecia um sapo repetiu a ordem
"De la Reina"
"Da Rainha"
"Una invitación"
"um convite"
"para la duquesa"
"para a Duquesa"
"Jugar al croquet"
"Brincando de croquete"
Entonces ambos se inclinaron profundamente
Em seguida, ambos se curvaram
y los rizos de sus pelucas se enredaron
e os cachos em suas perucas se enroscaram
Pronto el lacayo que parecía un pez se había ido
Logo o peão que parecia um peixe se foi
Pero el lacayo que parecía una rana todavía estaba allí
mas o peão que parecia um sapo ainda estava lá
Estaba sentado en el suelo, cerca de la puerta
Ele estava sentado no chão perto da porta
Estaba mirando estúpidamente al cielo
ele estava olhando estupidamente para o céu
Alicia se acercó tímidamente a la puerta y llamó

Alice foi timidamente até a porta e bateu
—Es inútil llamar a la puerta —dijo el lacayo—
"Não adianta bater", disse o peão
"Y eso es por dos razones"
"e isso por duas razões"
"Primero, porque estoy del mismo lado de la puerta que tú"
"Primeiro, porque estou do mesmo lado da porta que você"
"En segundo lugar, porque están haciendo mucho ruido dentro"
"em segundo lugar, porque estão a fazer muito barulho lá dentro"
"Nadie podría escucharte"
"ninguém poderia ouvi-lo"
Y, ciertamente, había un ruido extraordinario en su interior
E certamente havia um barulho extraordinário acontecendo dentro
un aullido y estornudos constantes
um uivo e espirros constantes
y de vez en cuando se oye un gran estruendo
e de vez em quando um som de grande batida
como si un plato o una tetera se hubieran roto en pedazos
como se um prato ou chaleira tivesse sido partido em pedaços
-¿Cómo voy a entrar? -preguntó Alicia
"Como é que eu vou entrar?", perguntou Alice
—¿Deberías entrar? —dijo el lacayo—
"Você deveria entrar?", perguntou o peão
"Esa es la primera pregunta, ya sabes"
"Essa é a primeira pergunta, você sabe"
Alicia abrió la puerta y entró
Alice abriu a porta e entrou
La puerta conducía directamente a una gran cocina
A porta levava à direita para uma grande cozinha
La cocina estaba llena de humo de un extremo a otro
a cozinha estava cheia de fumaça de uma ponta à outra
en medio de la cocina estaba la duquesa
no meio da cozinha estava a Duquesa
Estaba sentada en un taburete de tres patas

Ela estava sentada em um banquinho de três patas
Y ella estaba amamantando a un bebé
e ela estava amamentando um bebê
El cocinero estaba inclinado sobre el fuego
O cozinheiro estava debruçado sobre o fogo
Estaba removiendo un gran caldero
ele estava mexendo um grande caldeirão
y el caldero parecía estar lleno de sopa
e o caldeirão parecia estar cheio de sopa
"¡Ciertamente hay demasiada pimienta en esa sopa!" —se dijo Alicia
"Certamente há muita pimenta nessa sopa!" Alice disse a si mesma
Lo dijo lo mejor que pudo, sin estornudar
Ela disse o melhor que pôde sem espirrar
Incluso la duquesa estornudaba de vez en cuando
Até a duquesa espirrava ocasionalmente
Pero las acciones del bebé fueron las más notables
Mas as ações do bebê foram as mais notáveis
El bebé estornudaba y aullaba alternativamente
O bebê espirrava e uivava alternadamente
No hubo un momento de pausa entre aullidos y estornudos
Não houve um momento de pausa entre uivar e espirrar
Había dos criaturas en la cocina que no estornudaban
Havia duas criaturas na cozinha que não espirravam
El cocinero estaba demasiado ocupado para estornudar
O cozinheiro estava muito ocupado para espirrar
Y al gran gato no pareció importarle el pimiento
e o gato grande parecia não se importar com a pimenta
En cambio, el gran gato sonreía de oreja a oreja
Em vez disso, o grande gato sorria de orelha a orelha
-Por favor, ¿podría decírmelo -dijo Alicia, un poco tímidamente-
— Por favor, você me diga — disse Alice, um pouco timidamente
"¿Por qué tu gato sonríe así?"
"Por que seu gato está sorrindo assim?"

-Es un gato de Cheshire -dijo la duquesa-
"É um Cheshire-Cat", disse a duquesa
"Y por eso está sonriendo de oreja a oreja"
"E é por isso que ele está sorrindo de orelha a orelha"
"No sabía que un gato de Cheshire siempre sonreía"
"Eu não sabia que um gato de Cheshire sempre sorria"
**—De hecho, no sabía que los gatos podían sonreír —dijo
Alicia—**
"Na verdade, eu não sabia que os gatos podiam sorrir", disse
Alice
-Hay muchas cosas que no sabes -dijo la duquesa-
"Há muita coisa que você não sabe", disse a duquesa
"Hay muchas cosas que no sabes y eso es un hecho"
"há muita coisa que você não sabe e isso é um fato"
**En ese momento, el cocinero retiró el caldero de sopa del
fuego**
Nesse momento, o cozinheiro tirou o caldeirão de sopa do
fogo
Y en seguida se puso a tirar todo lo que estaba a su alcance
e imediatamente ela começou a jogar tudo ao seu alcance
arrojó todo lo que pudo a la duquesa y al bebé
ela jogou tudo o que podia na Duquesa e no bebê
Primero arrojó los hierros de fuego
Primeiro ela jogou os ferros de fogo
Luego tiró un puñado de cacerolas
Em seguida, ela jogou um punhado de panelas
y finalmente tiró los platos y las fuentes
e finalmente ela jogou os pratos e pratos
La duquesa no le hizo caso
A duquesa não tomou conhecimento dela
Incluso cuando fue golpeada por un plato, no se preocupó
Mesmo quando foi atingida por um prato, não se preocupou
El bebé ya estaba aullando tanto
O bebê já estava uivando tanto
**Así que era imposible decir si los golpes lastimaban al bebé
o no**
por isso, era impossível dizer se os golpes machucaram o bebê

ou não

—¡Oh, por favor, ten cuidado con lo que estás haciendo! —
exclamó Alicia—

"Oh, por favor, lembre-se do que você está fazendo!", gritou
Alice

Y saltaba de un lado a otro en una agonía de terror

e saltou para cima e para baixo numa agonia de terror

la duquesa le ofreció a Alicia el bebé

a Duquesa ofereceu a Alice o bebé

"¡Aquí! ¡Puedes amamantar un poco al bebé, si quieres!"

"Aqui! Você pode amamentar um pouco o bebê, se quiser!"

Y le arrojó al bebé mientras hablaba

e ela jogou o bebê nela enquanto falava

**"Tengo que ir a prepararme para jugar al croquet con la
reina"**

"Tenho de ir preparar-me para jogar croquete com a rainha"

Y se apresuró a salir de la habitación

e ela saiu apressada da sala

Alicia atrapó al bebé con cierta dificultad

Alice apanhou o bebé com alguma dificuldade

porque era una criatura de forma muy extraña

porque era uma criaturinha de forma muito estranha

**Y el bebé extendió los brazos y las piernas en todas
direcciones**

e o bebê estendeu os braços e as pernas em todas as direções

«Será mejor que me lleve a este niño conmigo», pensó Alicia

"É melhor eu levar essa criança comigo", pensou Alice

"Seguro que matarán a este bebé en uno o dos días"

"Eles certamente matarão esse bebê em um ou dois dias"

—¿No sería un asesinato dejar atrás a este bebé?

"Não seria assassinato deixar esse bebê para trás?"

Dijo las últimas palabras en voz alta

Ela disse as últimas palavras em voz alta

Y la cosita gruñó en respuesta

e a coisinha grunhiu em resposta

**—Será mejor que no te conviertas en un cerdo, querida —
dijo Alicia—**

"É melhor você não virar porco, minha querida", disse Alice

"o de lo contrario no tendré nada más que ver contigo"

"ou então não terei mais nada a ver contigo"

Alicia empezaba a pensar para sí misma:

Alice estava apenas começando a pensar consigo mesma:

"Ahora, ¿qué voy a hacer con esta criatura cuando la lleve a casa?"

"Agora, o que devo fazer com esta criatura, quando a levar para casa?"

Pero entonces la pequeña criatura gruñó un poco violentamente

mas então a pequena criatura grunhiu um pouco violentamente

y Alicia lo miró a la cara con cierta alarma

e Alice olhou para o seu rosto com algum alarme

Esta vez no podía haber error al respecto

Desta vez, não poderia haver erro sobre isso

No era ni más ni menos que un cerdo

não era nem mais nem menos do que um porco

Así que dejó a la pequeña criatura en el suelo

então ela colocou a pequena criatura para baixo

y la pequeña criatura se aleja trotando tranquilamente hacia el bosque

e a pequena criatura trote silenciosamente na madeira

Alicia se sintió bastante aliviada al ver que la criatura se iba

Alice sentiu-se bastante aliviada ao ver a criatura partir.

Alicia se sobresaltó un poco al ver al Gato de Cheshire

Alice ficou um pouco assustada ao ver o Cheshire-Cat

Estaba sentado en la rama de un árbol a pocos metros de distancia

Ele estava sentado em um ramo de uma árvore a poucos metros de distância

El gato solo sonrió cuando la vio

O gato só sorriu quando a viu

—Gato de Cheshire —empezó Alicia, bastante tímidamente—

"Cheshire-cat", começou Alice, bastante timidamente

—¿Podría decirme, por favor, qué camino debo tomar desde aquí?

"Por favor, você me diria que caminho eu deveria seguir a partir daqui?"

—En esa dirección —dijo el gato—

"Nessa direção", disse o gato

Y agitó la pata derecha

e acenou com a pata direita

"En esa dirección vive un fabricante de sombreros"

"Nesse sentido vive um fabricante de chapéus"

Y entonces el gato agitó su otra pata

e então o gato acenou com a outra pata

"Y en esa dirección vive una liebre de marzo"

"e nessa direção vive uma lebre de março"

"Visita a cualquiera de los que quieras; los dos están locos"

"Visite o que quiser; ambos estão loucos"

—Pero yo no quiero andar entre locos —comentó Alicia—

"Mas eu não quero ir entre loucos", comentou Alice

—Oh, no puedes evitarlo —dijo el Gato—

"Ah, você não pode evitar isso", disse o Gato

"Aquí estamos todos locos"

"Estamos todos loucos aqui"

"¿Vas a jugar al croquet con la reina hoy?"

"Você está jogando croquete com a rainha hoje?"

—Me gustaría mucho —dijo Alicia—

"Eu gostaria muito", disse Alice

"pero todavía no me han invitado"

"mas ainda não fui convidado"

—Allí me verás —dijo el Gato—

— Você vai me ver lá — disse o Gato

Y de un momento a otro el gato desapareció

e de um momento para o outro o gato desapareceu

pronto Alicia llegó a la vista de la casa de la liebre de marzo

logo Alice avistou a casa da lebre marcha

Era una casa muy grande

Esta era uma casa muito grande

así que Alicia no quiso acercarse a la casa

então Alice não queria ir perto da casa
**Primero tuvo que mordisquear un poco más del trozo de
champiñón del lado izquierdo**
primeiro ela teve que mordiscar mais um pouco do lado
esquerdo do cogumelo

Una fiesta de té loca

uma festa de chá louca

Delante de la casa había un árbol

Na frente da casa havia uma árvore

y debajo del árbol había una mesa

e debaixo da árvore havia uma mesa

y la mesa estaba puesta con toda clase de cubiertos

e a mesa estava posta com todos os tipos de talheres

La Liebre de Marzo y el Sombrerero estaban sentados a la mesa

a lebre de marcha e o fabricante de chapéus estavam à mesa

y juntos estaban tomando el té

e juntos tomavam chá

Un lirón estaba sentado entre ellos

um dorrato estava sentado entre eles

y el lirón se durmió profundamente

e o dorrato estava dormindo rápido

La mesa era de un tamaño extraordinario

A mesa era de tamanho extraordinário

Pero la mayor parte de la mesa estaba desocupada

mas a maior parte da mesa estava desocupada

Se sentaron apiñados en una esquina de la mesa

sentaram-se amontoados num canto da mesa

y, sin embargo, se excusaban cuando veían a Alicia

e, no entanto, arranjaram desculpas quando viram Alice

"¡No hay espacio! ¡No hay lugar!", gritaron

"Sem espaço! Sem espaço!", gritaram

-¡Hay sitio de sobra! -exclamó Alicia indignada-

"Há muito espaço!", disse Alice indignada

En un extremo de la mesa había un gran sillón

Em uma extremidade da mesa havia uma grande poltrona

y Alicia se sentó en el sillón

e Alice sentou-se na poltrona

El sombrerero abrió mucho los ojos

O fabricante de chapéus abriu bem os olhos

No podía creer lo que estaba viendo

ele não conseguia acreditar no que estava vendo

Pero su mente tenía curiosidad por otras cosas

mas sua mente estava curiosa sobre outras coisas

—¿Por qué un cuervo es como un escritorio?

"Por que um corvo é como uma escrivaninha?"

Alicia estaba abierta al reto

Alice estava aberta ao desafio

"Me alegro de que hayan empezado a hacer adivinanzas"

"Ainda bem que começaram a perguntar enigmas"

—Creo que puedo adivinarlo —añadió en voz alta—

"Acredito que posso adivinhar isso", acrescentou em voz alta

La liebre de marzo sintió curiosidad por Alicia

A lebre da marcha ficou curiosa sobre Alice

"¿De verdad crees que puedes encontrar la respuesta?"

"Você realmente acha que pode encontrar a resposta?"

—Creo que puedo encontrar la respuesta —dijo Alicia—

"Acho que posso encontrar a resposta de fato", disse Alice

—Entonces deberías decir lo que quieres decir —prosiguió la liebre de la marcha—

"Então você deve dizer o que quer dizer", continuou a lebre da marcha

—Digo lo que quiero decir —respondió Alicia apresuradamente—

"Eu digo o que quero dizer", respondeu Alice apressadamente

"por lo menos quiero decir lo que digo"

"no mínimo, quero dizer o que digo"

"Es lo mismo, ¿sabes?"

"É a mesma coisa, sabe"

El lirón también contribuyó a la conversación

O Dormouse também contribuiu para a conversa

Pero el lirón parecía estar hablando en sueños

Mas o dorrato parecia estar falando durante o sono

"Respiro cuando duermo"

"Respiro quando durmo"

"¡Duermo cuando respiro!"

"Durmo quando respiro!"

"Bien podría decirse que también son lo mismo"

"você pode muito bem dizer que eles são os mesmos também"

-A ti te pasa lo mismo -dijo el sombrerero-
— É a mesma coisa com você — disse o fabricante de chapéus
Y echó un poco de té en la nariz del lirón
e derramou um pouco de chá no nariz do dorrato
El Lirón sacudió la cabeza con impaciencia
O Dormouse balançou a cabeça impacientemente
Y volvió a hablar el Lirón, sin abrir los ojos
e novamente o dorrato falou, sem abrir os olhos
"Por supuesto, por supuesto que es lo mismo"
"Claro que é a mesma coisa"
"eso es justo lo que iba a decir yo mismo"
"era só isso que eu ia dizer"

El sombrerero se volvió hacia Alicia y le hizo otra pregunta
O fabricante de chapéus virou-se para Alice e fez outra
pergunta
—¿Ya has adivinado el enigma?
"Já adivinhou o enigma?"
—No, me rindo —concedió Alicia—
"Não, eu desisto", admitiu Alice
"¿Cuál es la respuesta?", quiso saber
"Qual é a resposta?", ela queria saber

—No tengo la menor idea —dijo el sombrerero—
"Não tenho a menor ideia", disse o fabricante de chapéus
-Ni yo lo sé -dijo la liebre-
— Nem sei — disse a lebre da marcha
Alicia dio un suspiro de cansancio
Alice deu um suspiro cansado
"Hay mejores usos del tiempo que los enigmas sin respuestas"
"Há melhores usos do tempo do que enigmas sem respostas"
-**¡Toma un poco más de té! -dijo la liebre a Alicia, muy seriamente-**
— Tome mais um chá — disse a lebre de marcha a Alice, com muita seriedade
Alicia se sintió bastante ofendida por la oferta
Alice ficou bastante ofendida com a oferta
—**Todavía no he tomado el té —respondió Alicia—**
"Ainda não tomei chá", respondeu Alice
"por lo tanto, no puedo tomar más té"
"por isso não posso tomar mais chá"
—**Quieres decir que no puedes tomar menos té —dijo el sombrerero—**
"Quer dizer que não pode tomar menos chá", disse o fabricante de chapéus
"Es muy fácil llevarse más que nada"
"É muito fácil levar mais do que nada"
Al oír esto, Alicia se levantó y se marchó
Nisto, Alice levantou-se e saiu
El lirón se durmió al instante
O dorrato adormeceu instantaneamente
y ninguno de los otros hizo la menor atención de que ella se fuera
e nenhum dos outros prestou a mínima atenção à sua ida
aunque miró hacia atrás una o dos veces
embora ela olhasse para trás uma ou duas vezes
Intentaban meter el lirón en la tetera
eles estavam tentando colocar o dorrato no bule de chá
-De todos modos, ¡no volveré a ir allí! -dijo Alicia-

"De qualquer forma, nunca mais irei lá!", disse Alice
Y ella caminó su camino a través del bosque
e ela caminhou através da floresta
"Esa fue la fiesta del té más estúpida a la que he ido en mi vida"
"essa foi a festa de chá mais estúpida que eu já estive"
Justo cuando dijo esto, notó algo
Assim que ela disse isso, ela notou algo
Uno de los árboles tenía una puerta que daba directamente a él
uma das árvores tinha uma porta que dava para dentro dela
"¡Eso es muy interesante!", pensó
"Isso é muito interessante!", pensou
"Creo que es mejor que pase por la puerta"
"Acho que posso muito bem passar pela porta"
Y entró por la puerta
E pela porta ela foi
Una vez más se encontró en el largo pasillo
Mais uma vez ela se viu no longo salão
De nuevo estaba cerca de la mesita de cristal
novamente ela estava perto da pequena mesa de vidro
Ella tomó la pequeña llave de oro
ela pegou a pequena chave de ouro
Y abrió la puerta que daba al jardín
e destrancou a porta que dava para o jardim
Luego se puso manos a la obra mordisqueando el hongo
Então ela começou a trabalhar mordiscando o cogumelo
Había guardado un trozo de la seta en el bolsillo
Ela tinha guardado um pedaço do cogumelo no bolso
Y, por último, medía alrededor de un metro de altura
e, finalmente, ela tinha cerca de um metro de altura
Luego caminó por el pequeño pasillo
Em seguida, ela caminhou pelo pequeno corredor
Y entonces finalmente se encontró en el hermoso jardín
e então ela finalmente se encontrou no belo jardim
y ella estaba entre la flor brillante y las fuentes frescas
e ela estava entre a flor brilhante e as fontes frescas

El campo de croquet de la reina

O chão de croquete da rainha

Un gran rosal se alzaba cerca de la entrada del jardín

Uma grande roseira estava perto da entrada do jardim

Las rosas que crecían en el árbol eran blancas

as rosas que cresciam na árvore eram brancas

Pero había tres jardineros pintando la rosa

mas havia três jardineiros pintando a rosa

Estaban ocupados pintando las rosas de rojo

eles estavam ocupados pintando as rosas de vermelho

y Alicia los miraba pintar las rosas de rojo

e Alice estava a vê-los pintar as rosas de vermelho

y de repente sus ojos se posaron por casualidad en Alicia

e, de repente, os olhos caíram sobre Alice

Alicia habló un poco tímidamente

Alice falou um pouco timidamente

—¿Podría decírmelo, por favor?

"Você me diria, por favor";

"¿Por qué están pintando todas esas rosas?"

"Por que vocês estão pintando essas rosas?"

Cinco y siete no dijeron nada, pero miraron a dos

cinco e sete não disseram nada, mas olharam para dois

Dos hablaron, en voz baja

dois falaram, em voz baixa

"Vaya, el hecho es que ya lo ve, señora"

"Ora, o fato é que você vê, senhora"

"Esto de aquí debería haber sido un rosal rojo"

"isto aqui devia ter sido uma roseira vermelha"

"Y pusimos un rosal blanco por error"

"e colocamos uma roseira branca por engano"

"Como estarás de acuerdo, la Reina no debe enterarse"

"Como você concordaria, a rainha não deve descobrir"

"De lo contrario, nos cortarían la cabeza a todos"

"Caso contrário, teríamos todos a cabeça cortada"

"Así que ya ve, señora, estamos haciendo lo mejor que podemos"

"Então veja, senhora, estamos fazendo o nosso melhor"

La Carta Cinco había estado mirando ansiosamente a través del jardín
Card Five olhava ansiosamente para o outro lado do jardim
En ese momento, la carta cinco gritó: "¡La reina! ¡La reina!"
Neste momento, o cartão cinco gritou: "A rainha! A rainha!"
Y los tres jardineros se escabulleron al instante
e os três jardineiros fugiram instantaneamente
Y se arrojaron de bruces
e atiraram-se de bruços sobre os seus rostos
Se oyó el sonido de muchos pasos
Houve um som de muitos passos
Alicia miró a su alrededor, ansiosa por ver a la reina
Alice olhou ao redor, ansiosa para ver a rainha
Al comienzo de la procesión había diez soldados
No início da procissão estavam dez soldados
Sus manos y pies estaban en las esquinas
suas mãos e pés estavam nos cantos
y en sus manos y pies había garrotes
e nas suas mãos e pés havia paus
Luego vinieron los diez cortesanos
Em seguida, vieram os dez cortesãos
Los cortesanos estaban adornados con diamantes
os cortesãos foram ornamentados com diamantes
Después de los cortesanos venían los hijos reales
Depois dos cortesãos vieram as crianças reais
Eran diez los hijos de la realeza
Havia dez dos filhos reais
y todos los niños reales estaban adornados con corazones
e todas as crianças reais foram ornamentadas com corações
Luego vinieron los invitados; en su mayoría reyes y reinas
Em seguida, vieram os convidados; principalmente reis e rainhas
y entre los reyes y la reina, Alicia vio a alguien
e entre os reis e a rainha Alice viu alguém
Volvió a ver al conejo blanco que había perseguido
Voltou a ver o coelho branco que perseguira
La procesión fue seguida por la sota de los corazones

Seguiu-se o cortejo de corações
Llevaba la corona del rey
carregava a coroa do rei
y la corona del rey estaba sobre un cojín de terciopelo carmesí
e a coroa do rei estava sobre uma almofada de veludo carmesim
Y entonces llegó el final de esta gran procesión
e então chegou o fim desta grande procissão
Y allí, al final, estaban el Rey y la Reina de Corazones
e lá no final estavam o rei e a rainha de copas
la procesión venía frente a Alicia
a procissão veio em frente a Alice
Y todos se detuvieron y la miraron
e todos pararam e olharam para ela
Y la reina dijo severamente: "¿Quién es éste?"
e a rainha disse severamente: "Quem é este?"
Se lo dijo a la Sota de Corazones
Ela disse isso ao Valete de Copas
Pero él se limitó a hacer una reverencia y a sonreír en respuesta
mas ele apenas se curvou e sorriu em resposta
Alicia habló muy cortésmente
Alice falou muito educadamente
"Mi nombre es Alicia, así que por favor, su majestad"
"Meu nome é Alice, então por favor sua majestade"
Pero ella tenía otros pensamientos para sí misma
mas ela tinha outros pensamentos para si mesma
"¡Después de todo, son solo un mazo de cartas!"
"Afinal, são apenas um pacote de cartas!"
"¿Sabes jugar al croquet?", gritó la reina
"Você pode jogar croquet?", gritou a rainha
Era evidente que la pregunta iba dirigida a Alicia
A pergunta era evidentemente destinada a Alice
-¡Sí! -dijo Alicia en voz alta-
"Sim!", disse Alice em voz alta
—¡Ven a jugar! —rugió la reina—

"Vem brincar então!", esbravejou a rainha
una voz tímida le habló a Alicia
uma voz tímida falou com Alice
"¡Es un día muy hermoso!"
"É um dia muito bom!"
Caminaba junto al conejo blanco
Ela estava andando pelo coelho branco
y el Conejo Blanco la miraba ansiosamente a la cara
e o Coelho Branco espiava ansiosamente em seu rosto
—Un día muy bueno —confirmó Alicia—
"Um dia muito bom mesmo", confirmou Alice
—¿Dónde está la duquesa?
"Onde está a duquesa?"
"¡Silencio! ¡Silencio!", dijo el Conejo
"Hush! Hush!", disse o Coelho
"Está condenada a muerte"
"Ela está sob pena de execução"
—¿Por qué la ejecutan? —preguntó Alicia
"Para que ela está sendo executada?", perguntou Alice
—Le ha rayado las orejas a la reina —empezó a decir el conejo—
"Ela arrancou as orelhas da rainha", começou o coelho
—gritó la Reina con voz de trueno—
gritou a rainha em voz de trovão
"¡Vayan a sus lugares!"
"Chegue aos seus lugares!"
Y la gente empezó a correr en todas direcciones
e as pessoas começaram a correr em todas as direções
y todos tropezaron unos con otros
e todos eles se enfrentaram
Sin embargo, se calmaron en uno o dos minutos
No entanto, eles se acomodaram em um ou dois minutos
Y entonces comenzó el juego
e então o jogo começou
Alicia nunca había visto un campo de croquet tan curioso
Alice nunca tinha visto um croquete tão curioso
La hierba era todo crestas y surcos

a grama era toda de sulcos e sulcos
Las bolas de croquet eran erizos de verdad
As bolas de croquete eram verdadeiros ouriços
y los mazos eran flamencos de verdad
e os martelos eram verdadeiros flamingos
Y los soldados se pusieron de pie sobre sus manos y sus pies
e os soldados ficaram de pé e mãos
porque los arcos estaban hechos de sus cuerpos
porque os arcos eram feitos a partir dos seus corpos
Todos los jugadores jugaron a la vez
Os jogadores jogaram todos ao mesmo tempo
Nadie esperó su turno
ninguém esperou pela sua vez
y todos se peleaban con todos
e todos brigavam com todos
y todos luchaban por los erizos
e todos lutavam pelos ouriços
Pronto la reina se vio presa de una furiosa pasión
Logo a rainha estava em uma paixão furiosa
Y empezó a patalear y a gritar
e ela começou a carimbar e gritar
"¡Córtale la cabeza!"
"Pique a cabeça dele!"
"¡Córtale la cabeza!"
"Corte a cabeça dela!"
"¡Córtale la cabeza a todos!"
"Pique todas as cabeças!"
De nuevo Alicia pensó para sí misma
Mais uma vez Alice pensou consigo mesma
"Son terriblemente aficionados a decapitar a la gente aquí"
"Eles gostam muito de decapitar pessoas aqui"
"¡La gran maravilla es que quede alguien vivo!"
"A grande maravilha é que ainda há alguém vivo!"
Buscaba alguna vía de escape
Ela estava procurando alguma maneira de escapar
Notó una curiosa apariencia en el aire
Ela notou uma aparência curiosa no ar

«Es el gato de Cheshire», se dijo a sí misma
"É o gato Cheshire", disse ela a si mesma
"Ahora tendré a alguien con quien hablar"
"agora vou ter alguém com quem falar"
—¿Cómo te va? —preguntó el gato
"Como você está se saindo?", disse o gato
—No creo que jueguen nada limpio —dijo Alicia—
"Acho que eles não jogam de forma justa", disse Alice
Y tenía un tono bastante quejumbroso
e ela tinha um tom bastante reclamante
"Todos se pelean tan terriblemente"
"todos eles brigam tão terrivelmente"
"Uno no se oye hablar"
"Não se ouve falar"
"Y no parecen jugar con ninguna regla"
"e eles não parecem jogar de acordo com nenhuma regra"
el gato le hizo una pregunta a Alicia en voz baja
o gato fez uma pergunta a Alice em voz baixa
—¿Qué te parece la reina?
"Como você gosta da rainha?"
—No me gusta nada —dijo Alicia—
"Eu não gosto nada dela", disse Alice

Alicia pensó que sería mejor que volviera
Alice pensou que poderia muito bem voltar
Quería ver cómo iba el partido
ela queria ver como estava o jogo
Se fue en busca de su erizo
Ela saiu em busca de seu ouriço
El erizo estaba ocupado luchando contra otro erizo
O ouriço estava ocupado lutando contra outro ouriço
Esta fue una excelente oportunidad
Esta foi uma excelente oportunidade
Podía hacer croquet a un erizo con el otro
ela podia croquetar um ouriço com o outro
Pero su flamenco estaba al otro lado del jardín
mas seu flamingo estava do outro lado do jardim
El flamenco era bastante torpe
o flamingo era bastante desajeitado
Su flamenco intentaba volar hacia un árbol
seu flamingo estava tentando voar para cima de uma árvore
Atrapó al flamenco por la pierna
Ela pegou o flamingo pela perna
Y guardó el flamenco bajo el brazo
e ela enfiou o flamingo debaixo do braço
De esa manera, el flamenco no pudo escapar de nuevo
Dessa forma, o flamingo não conseguia escapar novamente
Justo en ese momento Alicia se encontró con la duquesa
Nesse momento, Alice conheceu a duquesa
La duquesa ya había salido de la cárcel
A duquesa estava agora fora da prisão
Metió cariñosamente su brazo bajo el brazo de Alicia
Ela enfiou o braço carinhosamente debaixo do braço de Alice
Y luego se fueron juntos
e então eles saíram juntos
Alicia se alegró mucho de encontrarla de tan buen humor
Alice ficou muito feliz por encontrá-la em um temperamento
tão agradável
Sin embargo, estaba un poco asustada
No entanto, ela ficou um pouco assustada

Oyó la voz de la duquesa cerca de su oído
Ela ouviu a voz da Duquesa perto de seu ouvido
"Estás pensando en algo, querida"
"Você está pensando em alguma coisa, meu caro"
"Y eso hace que te olvides de hablar"
"e isso faz esquecer de falar"
—El juego va bastante mejor ahora —dijo Alicia—
"O jogo está indo muito melhor agora", disse Alice
Era una forma de mantener la conversación
era uma forma de manter a conversa
-Así es -dijo la duquesa-
"É assim mesmo", disse a duquesa
"Y la moraleja de eso es esta:"
"E a moral disso é esta:"
"¡Es el amor el que lo hace todo!"
"É o amor que faz tudo!"
"El amor es lo que hace que el mundo gire"
"O amor é o que faz o mundo girar"
Alicia tenía otra explicación
Alice tinha outra explicação
"¡Lo hace todo el mundo ocupándose de sus propios asuntos!"
"É feito por cada um cuidando do seu próprio negócio!"
—¡Ah, bueno! Podrías tener razón"
"Ah, bem! Você pode estar certo"
-Todo significa lo mismo -dijo la duquesa-
"Tudo significa a mesma coisa", disse a duquesa
y hundió su afilada barbilla en el hombro de Alicia
e ela enfiou o queixo afiado no ombro de Alice
"Y la moraleja de eso es esta"
"e a moral disso é essa"
"Cuida el sentido"
"Cuide do sentido"
"Y entonces los sonidos se encargarán de sí mismos"
"e então os sons vão cuidar de si mesmos"
Pero entonces el brazo de la duquesa empezó a temblar
Mas então o braço da duquesa começou a tremer

Alicia alzó la vista y allí estaba la reina

Alice olhou para cima e lá estava a rainha

La reina tenía los brazos cruzados

A rainha estava de braços cruzados

¡Y ella fruncía el ceño como una tormenta eléctrica!

e ela franzia a testa como uma tempestade!

—Te advierto —gritó la reina—

"Dou-lhe um aviso justo", gritou a rainha

Y pisoteó el suelo mientras hablaba

e ela pisou no chão enquanto falava

"O tu cabeza o la suya deben estar cortadas"

"Ou a cabeça ou a cabeça dela devem estar apagadas"

"¡Toma tu decisión!"

"Faça a sua escolha!"

"Y ser rápido al respecto"

"e seja rápido sobre isso"

La duquesa hizo su elección

A duquesa fez a sua escolha

Y al cabo de un instante la duquesa se fue

e em um momento a duquesa se foi

Entonces la reina le habló a Alicia

Em seguida, a rainha falou com Alice

"Sigamos con el juego"

"Vamos continuar com o jogo"

Alicia estaba demasiado asustada para decir una palabra

Alice estava muito assustada para dizer uma palavra

Y la siguió lentamente hasta el campo de croquet

e ela lentamente a seguiu de volta para o chão de croquete

Todo el tiempo la Reina se peleó con los otros jugadores

O tempo todo a rainha brigou com os outros jogadores

"¡Córtale la cabeza!"

"Pique a cabeça dele!"

"¡Córtale la cabeza!"

"Corte a cabeça dela!"

"¡Córtale la cabeza a todos!"

"Pique todas as cabeças!"

Pronto todos los jugadores estaban bajo custodia

Logo todos os jogadores estavam sob custódia
solo quedaron el rey, la reina y Alicia
apenas o rei, a rainha e Alice permaneceram
Entonces la reina se marchó, casi sin aliento
Então a rainha foi embora, sem fôlego
y se fue con Alicia
e ela foi embora com Alice
Alicia oyó que el rey decía algo en voz baja
Alice ouviu o rei dizer baixinho alguma coisa
"Estáis todos perdonados"
"Vocês estão todos perdoados"
Pero de repente se oyó otro grito
mas, de repente, ouviu-se outro grito
"¡El juicio está comenzando!"
"O julgamento está a começar!"
y Alicia corrió con los demás
e Alice correu junto com os outros

¿Quién robó las tartas?

quem roubou as tortas?

El rey y la reina de corazones estaban sentados

O rei e a rainha de corações estavam sentados

estaban en su trono cuando llegó Alicia

eles estavam em seu trono quando Alice chegou

Había una gran multitud reunida a su alrededor

havia uma grande multidão reunida em torno deles

Había todo tipo de pajaritos y bestias

Havia todos os tipos de passarinhos e bestas

Y allí estaba toda la baraja de cartas

e havia todo o pacote de cartas

La sota estaba de pie frente a ellos, encadenada

o valete estava parado à sua frente, acorrentado

y había un soldado a cada lado para custodiarlo

e havia um soldado de cada lado para protegê-lo

cerca del Rey estaba el conejo blanco

perto do rei estava o coelho branco

Tenía una trompeta en una mano

tinha uma trombeta numa das mãos

y tenía un rollo de pergamino en la otra mano

e tinha um pergaminho na outra mão

En el centro del patio había una mesa

No meio da quadra havia uma mesa

Sobre la mesa había un gran plato de tartas

sobre a mesa havia um grande prato de tortas

«Ojalá hicieran el juicio», pensó Alicia

"Eu gostaria que eles fizessem o julgamento", pensou Alice

—¡Entonces podríamos comer algunos de esos refrescos!

"Então poderíamos comer alguns desses refrescos!"

El juez, por cierto, era el rey
O juiz, aliás, era o rei
y llevaba su corona sobre su gran peluca
e usava a coroa sobre a sua grande peruca
«Ésa es la tribuna del jurado», pensó Alicia
"Essa é a caixa do júri", pensou Alice
"Y esas doce criaturas, supongo que son los miembros del jurado"
"e essas doze criaturas, suponho que sejam os jurados"
algunos eran animales y otros eran pájaros
alguns eram animais e outros eram pássaros
En ese momento el conejo blanco gritó
Nesse momento, o coelho branco gritou
"¡Silencio en la corte!"
"Silêncio no tribunal!"
"¡Heraldo, lee la acusación!", dijo el rey
"Arauto, leia a acusação!", disse o rei

El Conejo Blanco tocó tres veces la trompeta

O coelho branco soou três explosões na trombeta

Luego desenrolló el rollo de pergamino

depois desenrolou o pergaminho-pergaminho

Y leyó lo siguiente:

e leu o seguinte:

"La reina de corazones, hizo unas tartas"

"A rainha de corações, ela fez umas tortas"

"Todo esto lo hizo en un día de verano"

"Tudo isto ela fez num dia de verão"

"La sota de los corazones, robó esas tartas"

"A nave dos corações, roubou aquelas tortas"

—¡Y se llevó esas tartas muy lejos!

"E ele levou aquelas tortas para longe!"

—Llama al primer testigo —dijo el rey—

— Chame a primeira testemunha — disse o rei

y el conejo blanco tocó tres veces la trompeta

e o coelho branco soou três explosões na trombeta

"¡Traigan al primer testigo!", gritó

"Traga a primeira testemunha!", gritou

El primer testigo fue el sombrerero

A primeira testemunha foi o fabricante de chapéus

Entró con una taza de té en una mano

Ele entrou com uma xícara de chá em uma das mãos

Y tenía un pedazo de pan con mantequilla en la otra mano

e tinha um pedaço de pão com manteiga na outra mão

—Tendrías que haber terminado —dijo el rey—

— Você deveria ter terminado — disse o rei

—¿Cuándo empezaste?

"Quando você começou?"

El sombrerero miró a la liebre de marcha

O fabricante de chapéus olhou para a lebre de marcha

La Liebre de Marzo lo había seguido hasta el patio

a lebre de marcha o seguira até a corte

Había caminado del brazo del lirón

Ele tinha andado de braços dados com o dorrato

—El catorce de marzo, creo que fue —dijo—

"Décimo quarto de março, acho que foi", disse ele
—**Da tu testimonio —dijo el rey—**
— Dê suas provas — disse o rei
"Y no te pongas nervioso, o te haré ejecutar en el acto"
"e não fique nervoso, ou eu vou mandar executá-lo na hora"
Esto no pareció animar en absoluto al testigo
Isso não parecia encorajar a testemunha
Seguía moviéndose de un pie al otro
ele continuou mudando de um pé para o outro
Y miró inquieto a la reina
e olhou inquieto para a rainha
Y, en su confusión, mordió un gran trozo de su taza de té
e, em sua confusão, ele mordeu um grande pedaço de sua
xícara de chá
**En realidad, tenía la intención de morder de su pan y
mantequilla**
realmente ele queria morder seu pão com manteiga
**Justo en ese momento, Alicia sintió una sensación muy
curiosa**
Neste momento Alice sentiu uma sensação muito curiosa
Empezaba a crecer de nuevo
ela estava começando a crescer novamente
Al miserable sombrerero se le cayó la taza de té
O miserável fabricante de chapéus deixou cair a sua chávena
de chá
y el pan y la mantequilla cayeron al suelo
e o pão e a manteiga caíram por terra
Y cayó sobre una rodilla
e ele desceu de joelhos
—**Soy un pobre hombre, majestad —comenzó—**
"Sou um pobre homem, vossa majestade", começou
—**Eres un orador muy malo —dijo el rey—**
— Você é um orador muito pobre — disse o rei
—**Puedes irte —dijo el rey—**
— Pode ir — disse o rei
Y el sombrerero abandonó apresuradamente el patio
e o fabricante de chapéus saiu apressado do tribunal

—¡Llama al próximo testigo! —dijo el rey—

"Chame a próxima testemunha!", disse o rei

El siguiente testigo fue el cocinero de la duquesa

A próxima testemunha foi a cozinheira da duquesa

Llevaba la caja de pimienta en la mano

Ela carregava a caixa de pimenta na mão

Y la gente que estaba cerca de la puerta empezó a estornudar de repente

e as pessoas perto da porta começaram a espirrar de uma só vez

—Da tu testimonio —dijo el rey—

— Dê suas provas — disse o rei

-No daré ninguna prueba -dijo el cocinero-

"Não vou dar provas", disse o cozinheiro

El rey miró ansiosamente al conejo blanco

O rei olhou ansioso para o coelho branco

Y el conejo blanco habló en voz baja

e o coelho branco falou em voz baixa

"Su Majestad debe interrogar a este testigo"

"Vossa Majestade deve interrogar esta testemunha"

"Bueno, si debo, debo", dijo el rey

"Bem, se eu preciso, eu devo", disse o rei

"¿De qué están hechas las tartas?"

"De que são feitas as tortas?"

—Las tartas están hechas de pimienta, en su mayoría —dijo el cocinero—

"As tortas são feitas de pimenta, principalmente", disse o cozinheiro

Durante algunos minutos, toda la corte estuvo en confusión

Durante alguns minutos, toda a quadra ficou confusa

Con el tiempo, todos se calmaron de nuevo

eventualmente, todos eles se estabeleceram novamente

Pero para entonces el cocinero había desaparecido

mas nessa altura o cozinheiro já tinha desaparecido

"¡No importa!", dijo el rey

"Não importa!", disse o rei

"Llamar al estrado al próximo testigo"

"Chame para a tribuna a próxima testemunha"
**Alicia observó al conejo blanco mientras él repasaba a
tientas la lista**
Alice observou o coelho branco enquanto ele se atrapalhava
com a lista
**Puedes imaginar su sorpresa por lo que escuchó a
continuación**
você pode imaginar sua surpresa com o que ela ouviu a seguir
con su vocecita estridente, llamó el nombre de «¡Alicia!»
no alto de sua vozinha estridente, ele chamou o nome de
"Alice!"

La evidencia de Alicia
Provas de Alice

-¡Aquí! -exclamó Alicia-

"Aqui!", gritou Alice

Se levantó de un salto a toda prisa

Ela saltou com muita pressa

Y volcó el estrado del jurado

e ela tombou sobre a caixa do júri

y derribó a todos los miembros del jurado

e derrubou todos os jurados

y cayeron sobre las cabezas de la muchedumbre de abajo

e caíram sobre as cabeças da multidão abaixo

Alicia estaba muy consternada

Alice estava muito consternada

"¡Oh, le ruego que me perdone!", exclamó

"Oh, peço perdão!", exclamou

—El juicio no puede continuar —dijo el rey—

"O julgamento não pode prosseguir", disse o rei

"Los miembros del jurado deben volver a ocupar su lugar"

"Os jurados devem voltar aos seus devidos lugares"

Repitió la orden con gran énfasis

repetiu a ordem com grande ênfase

y miró a Alicia con severidad

e olhou para Alice com severidade

—¿Qué sabe usted de estos acontecimientos? —preguntó el rey a Alicia

"O que sabes sobre estes acontecimentos?", perguntou o rei a Alice

—No sé nada sobre el tema —dijo Alicia—

"Não sei nada sobre o assunto", disse Alice

Entonces el rey leyó de su libro

O rei então leu de seu livro

"Regla cuarenta y dos"

"Regra quarenta e duas"

"Todas las personas que tengan más de una milla de altura deben abandonar el tribunal"

"Todas as pessoas com mais de um quilómetro de altura

devem abandonar o tribunal"
—No mido ni una milla de altura —dijo Alicia—
"Eu não tenho um quilômetro de altura", disse Alice
—Casi dos millas de altura —dijo la Reina—
"Quase dois quilômetros de altura", disse a rainha

—Bueno, me niego a ir —dijo Alicia—
— Bem, eu me recuso a ir — disse Alice
El rey palideció
O rei ficou pálido
Y cerró apresuradamente su cuaderno de notas
e fechou apressadamente o caderno de notas
"Consideren su veredicto", le dijo al jurado
"Considere seu veredicto", disse ele ao júri
Habló en voz baja y temblorosa
Ele falou com uma voz baixa e trêmula
Entonces habló el conejo blanco
Então o coelho branco falou
"Todavía hay más pruebas por venir"
"Ainda há mais evidências por vir"

Y se levantó de un salto a toda prisa
e saltou com muita pressa
"Este papel acaba de ser recogido"
"Este artigo acaba de ser retirado"
"Parece ser una carta escrita por el prisionero"
"Parece ser uma carta escrita pelo prisioneiro"
Desdobló el papel mientras hablaba
Ele desdobrou o papel enquanto falava
"Al fin y al cabo, no es una carta"
"Afinal, não é uma carta"
"Lo que era era un conjunto de versos"
"o que era era um conjunto de versos"
—Por favor, majestad —dijo el bribón—
— Por favor, sua majestade — disse o knave
"Yo no escribí esos versos"
"Eu não escrevi esses versos"
"y no pueden probar que yo escribí nada"
"e eles não podem provar que eu escrevi nada"
"No hay ningún nombre firmado al final"
"Não há nome assinado no final"
El rey le habló a la sota
O rei falou ao Valete
"Debes haber tenido la intención de causar algún daño"
"Você deve ter tido a intenção de causar alguma travessura"
"De lo contrario, habrías firmado con tu nombre como un hombre honrado"
"caso contrário, você teria assinado seu nome como um homem honesto"
Hubo un aplauso general
Houve um aplauso geral
Y el rey se volvió hacia el conejo blanco
e o rei voltou-se para o coelho branco
—Lee los versos —ordenó—
"Leia os versos", ordenou
Hubo un silencio sepulcral en la corte
Houve silêncio morto no tribunal
Y el conejo blanco leyó los versos

e o coelho branco leu os versos
Me dijeron que habías estado con ella
Disseram-me que tinha estado com ela
Y me mencionaron a él
E eles me mencionaram a ele
Ella me dio un buen carácter
Ela me deu um bom caráter
Pero ella dijo que yo no sabía nadar
Mas ela disse que eu não sabia nadar
Les mandó decir que yo no había ido
Mandou-lhes a notícia de que eu não tinha ido
Sabemos que es verdad
Sabemos que é verdade
Si ella insistiera en el asunto, ¿qué sería de ti?
Se ela insistisse no assunto, o que seria de você?
Yo le di uno, ellos le dieron dos
Dei-lhe um, deram-lhe dois
Nos diste tres o más
Deu-nos três ou mais
Todos volvieron de él a ti
Todos eles voltaram dele para você
aunque antes eran míos
embora fossem meus antes
Si yo o ella tuviéramos la oportunidad de serlo
Se eu ou ela tiver a chance de ser
Si yo o ella estuviéramos involucrados en este asunto
Se eu ou ela estivesse envolvido neste caso
Él confía en ti para liberarlos
Ele confia em você para libertá-los
Exactamente como estábamos
Exatamente como nós éramos
Mi idea era que tú habías sido
A minha noção era que tinha sido
Antes de que ella tuviera este ataque
Antes ela tinha esse encaixe
Un obstáculo que se interpuso entre
Um obstáculo que surgiu entre

A Él, y a nosotros mismos, y a
Ele, e nós mesmos, e ele
No le dejes saber que a ella le gustaban más
Não deixe que ele saiba que ela gostou mais deles
Porque esto debe ser para siempre un secreto, guardado de todos los demás
Pois isto deve ser para sempre um segredo, guardado de todo o resto
Este secreto debe seguir siendo un secreto entre tú y yo
Este segredo deve permanecer um segredo entre mim e você
El rey quedó muy impresionado
O rei ficou muito impressionado
"Esa es la prueba más importante que hemos escuchado hasta ahora"
"Essa é a evidência mais importante que já ouvimos"
—No creo que esos versos tengan un átomo de significado —objetó Alicia—
"Não acredito que esses versos carreguem um átomo de significado", objetou Alice
el rey tenía su propia opinión al respecto
o rei tinha a sua própria opinião sobre o assunto
"Si no hay significado en esas palabras, eso salva un mundo de problemas"
"Se não há significado nessas palavras, isso salva um mundo de problemas"
"Entonces no necesitamos tratar de encontrar el significado"
"então não precisamos tentar encontrar o significado"
"Que el jurado considere su veredicto"
"Que o júri considere o seu veredicto"
-¡No, no! -dijo la reina-
"Não, não!", disse a rainha
"Primero la sentencia y después el veredicto"
"Sentença primeiro, veredicto depois"
-¡Tonterías y tonterías! -exclamó Alicia en voz alta-
"Coisas e bobagens!", disse Alice em voz alta
"¡Qué tontería es sentenciar al acusado primero!"
"Que bobagem condenar o réu primeiro!"

—¡Cállate la lengua! —dijo la reina, poniéndose morada—
"Segura a língua!", disse a rainha, ficando roxa
-¡No me callaré! -exclamó Alicia-
"Não vou segurar a língua!", disse Alice
—gritó la Reina a voz en cuello—
A rainha gritou no alto de sua voz
"¡Córtale la cabeza!"
"Corte a cabeça dela!"
Nadie hizo un movimiento
Ninguém fez um movimento
-¿A quién le importa lo que digas? -dijo Alicia-
"Quem se importa com o que você diz?", disse Alice
Para entonces ya había crecido hasta alcanzar su tamaño completo
por esta altura, já tinha atingido o seu tamanho total
"¡No eres más que un mazo de cartas!"
"Você não passa de um pacote de cartas!"
Al oír esto, todas las cartas se alzaron en el aire
Nisto, todas as cartas subiram no ar
Y todas las cartas cayeron volando sobre ella

e todas as cartas desceram voando sobre ela
Ella dio un pequeño grito
Ela deu um pequeno grito
Estaba medio asustada, pero también enojada
Ela estava meio com medo, mas também com raiva
Y trató de quitarse las cartas de encima
e ela tentou lutar contra as cartas de si mesma
Y entonces se encontró tendida en el banco de hierba
e então ela se viu deitada no banco de grama
Su cabeza estaba en el regazo de su hermana
a cabeça estava no colo da irmã
Algunas hojas muertas habían caído en su cara
algumas folhas mortas haviam pousado em seu rosto
Y su hermana estaba cepillando suavemente las hojas
e sua irmã estava suavemente escovando as folhas
-¡Despierta, querida Alicia! -dijo su hermana-
"Acorda, Alice querida!", disse a irmã
—¡Qué sueño tan largo has tenido!
"Que longo sono você teve!"
-¡Oh, he tenido un sueño tan curioso! -exclamó Alicia-
"Ah, eu tive um sonho tão curioso!", disse Alice
Y le contó a su hermana todo lo que podía recordar
E contou à irmã tudo o que se lembrava
todas las extrañas aventuras sobre las que acabas de leer
todas as estranhas aventuras que você acabou de ler sobre
Alicia se levantó y salió corriendo
Alice levantou-se e fugiu
Y pensó, mientras corría, en su sueño
e pensou, enquanto corria, no seu sonho
—¡Qué sueño tan maravilloso había sido!
"Que sonho maravilhoso tinha sido!"